Drowning Into the Night

{ Last Night }

Anna Takamura

TOKYOPOP®

INHALT

Informative Details zu Anna Takamuras Omegaverse erfahrt ihr im Q&A auf den Seiten 242 und 243. Aber aufgepasst: Diese Seiten enthalten Spoiler, lest sie also am besten zum Schluss. Viel Spaß!

Kapitel 16

So überwanden die beiden zahlreiche Hürden ...
... und gingen schließlich eine Paarbindung ein.
Der Körper der Ω, die von dem α gebissen wurde, konnte keinen anderen Menschen mehr annehmen.
Auch die Pheromone, die sie verströmte ...
... wirkten fortan nur noch auf diesen α.
Dies ist die immerwährende, wahre Liebe ...
Was für ein Quatsch!
Das ist doch nur ein Märchen.
Von wegen wahre Liebe! Von wegen immerwährendes Glück! Das ist doch idiotisch!
Ist ihnen der Partner egal, solange das Schicksal es vorschreibt?
Gefühle sind nicht so simpel und nichts hält ewig.

Du wolltest doch, dass ich dir das laut vorlese ...
... und dann beschwerst du dich am laufenden Band.
PAMM
Weil du das Buch ausgeliehen hast ...
Was wird wohl passieren ...
... wenn Tamaki eine Paarbindung eingeht?
Sind die Tage, in denen ich ihm so nahe sein kann ...
... so vergänglich wie die Schönheit der Kirschblüte?
Da war ein Blütenblatt in deinem Haar ...

DAPP
DAPP
DAPP
Hier entlang, Herr Saotome!
Schnell ...!
!
FWWT
Nh ...!
Hah ...!
Alles in Ordnung?!
Tamakis Instinkt, sein Ω-Körper ...
... reagiert brünstig auf den α, der ihm vom Schicksal vorherbestimmt ist.
... aber das sind einfach zu viele ...
TAUMEL
Entschuldigen Sie ...
Eigentlich reagiere ich nicht so stark auf die Pheromone eines Ωs ...

Noch sind sie keine Paarbindung eingegangen.
Ab hier schaffe ich das auch allein.
Ich halte die beiden um jeden Preis auf!
SHHH
Hah ...
KEUCH
Hah ...
SHHHT
Hah ...

KLONK
Uh ...
Nh ...
Hah ...
Uuh ...
Ich will ... dich doch ...
... nicht ... noch mehr ... verletzen ...!
WUPP
Schnell ...
... ich muss weg von ihm ...
KEUCH
KEUCH

Ich muss wenigstens ...
Hah!
Hah!
... das Collar wieder anbringen ...
Nh ...
ZITTER
Verdammt ...
Meine Hände ... zittern zu stark ...!
ZITTER
ZITTER
ZITTER
Ich muss schnell in ein anderes Zimmer ...
!
SCHNAPP
DOMM
Nh ...!
ZUCK

Hiiragi ...
Hah ...
... verliert die Kontrolle ...!
Hah ...
Wo willst ... du hin?
So wie du deine Pheromone verströmst ...
Hah ...
Hah ...
SST
Tamaki.
Nh ...
KISS
ZUCK
Nein!
Ah ...!
KATSCHAK

Nicht, Hiiragi ...!
Yuki-shiro ... Ich liebe dich ...!
LECK
Hah!
Ah!
SSSST
Nh!
Ich ver-liere ... sämtliche Kraft ...
SST
Hah!
SCHAUDER
Nicht!
Du bist mein Partner!
Hah!
Nicht ...
Hör ... auf ...!
KEUCH
Hör ...
KISS
Mein ...
Hah!
KISS
KISS
Hah!
KISS
Hah!

Nanu?
Du kommst allein, Sumire? Wo ist denn Fuji?
Ich bin allein.
Bei dir ist er also auch nicht.
Na ja, er ist ein β. Dem passiert schon nichts.
Kikyo.
Sumire.
Vater!
TUMMEL
TUMMEL
Wir steuern unser heutiges Ziel an.

Einem brünstigen Ω ...
... sollten wir αs uns nicht annähern.
Das Hotel habe ich Fuji überlassen.
Fuji?! Schafft er das?!
Natürlich schafft er das ...
überlasst das eurem Bruder.
Gehen wir.
Die βs sollten für den Fall der Fälle zurück, um die Sicherheit unserer Gäste zu gewährleisten ...

Nein!
Nicht!
Hiiragi ...!
Nicht!
...!
KRIEK
FUMP
STÖHN
UCK
Hah ...!
Yuki-shiro ...
Nimm ... die Hand weg ...
KISS
ZUCK
KISS
Nh ...
ZUCK

Sieh doch, wie sehr sich ...
... dein Körper nach mir verzehrt ...
Ah ...!
ZUCK
SCHAUDER
Ich will nicht ...!
SCHAUDER
Ah!
TSCHUPP
ZUCK
Haaah!
PAMM
ZUMM

Aaah!
Ah!
ZITTER
ZITTER
SCHAUDER
Ah!
Nh ...
ZITTER
ZITTER
ZUCK
ZUCK
STÖHN
ZUCK
Hah!
Nein!
Ah!
GUTSCH
Was ... passiert hier? Das fühlt sich ... so gut an ...!
Ich verliere den Verstand ...
ZUMM
ZUCK
TSCHUPP
GUTSCH
Das ist ... zu viel ...!
SPRITZ
Ah!
ZUCK
Du bist eben mein Schicksalspartner ...
Nein ...
SPRITZ
Ah!
Aah!
SCHAUDER
Ah!
Ah!

Wenn ich nicht aufpasse, verliere ich auch noch die Kontrolle ...
Ah!
Hah ...
Mmh ...!
KRIEK
Hah ...
Es reicht nicht!
Hah!
Ich will noch härter ...
... durchgenommen werden ...
KRIEK
ZUCK
Hah!
Hah!
Ah!
WUPP
Ich will gebissen werden!
Ah!
ZUCK
Nicht ...
Nh ...
Nein ...
Yukishiro, ich komme ...
... in dir ...
SST

!
Nein!
Nicht!
Wenn er in mir kommt ...
GNNGH
... während ich brünstig bin ...
Nein! Nein!
Ah!
ZUMM
ZUMM
Ich ... werde ...
... schwanger ...!
ZUMM
Nh!
ZUMM
Ah!
Yuki-shiro ...
ZUMM
KRIEK
ZUMM
Ah!
ZUMM
... empfange mein Kind.

BA-DUMM
Ich liebe dich.

Nhn ...
Hiira... gi ...
WUPP
WUPP
Ich liebe dich ...
KISS
Nh ...
... so sehr ...
KISS
GUTSCH
Tiefer ...
Ah!
KISS
KISS
Komm ...
... in mir ...!
Ich will mehr ...
SST
Ich liebe dich ...
Nhn ...
KEUCH
Nhn ...
WUPP
Ah!
ZUCK
WUPP
Bitte ...

... mach mich zu deinem Partner!
PAMM
KÜSS
Mhm!
KRIEK
Nhn ...
KRIEK
Hah ...
KRIEK
TRRRT
TRR
Yuki-shiro ...

Spritz ab ... in mir ...
Nhn!
WUPP
ZUCK
... ganz ... ganz tief ...
WUPP
ZUMM
Hah!
Ah ...
ZUCK
ZUMM
Nhn!
ZUMM
M... Mehr ...!
STÖHN
Fühlt sich das gut an, Yukishiro?
STÖHN
Dies ist Ihre Mailbox.
ZUCK
ZUMM
Ah ...!
ZUCK
So ... gut ...!
PAMM
PAMM
PAMM
SPRITZ
SPRITZ
SPRITZ
ZUMM
ZUCK
Sie haben keine neuen Nachrichten.
Aaah ...
TSCHUPP
Es fühlt sich ... so gut an ...
... wenn du in mir kommst ...
ZUCK
GUTSCH
Ah!
GUTSCH
Nnh!
PAMM
PAMM
ZUCK
ZUCK

ZUMM
Ng-aaah!
Ah!
TSCHUPP
TSCHUPP
Ich liebe dich, Yukishiro ...
Hah!
Ah! Nnh!
ZUCK
Ah!
Nicht ... in mir ...!
Zu grob ...!
Spiele gespeicherte Nachrichten ab.
Ich liebe dich!
KEUCH
SCHAUDER
Hah ...
Ich ... liebe ...
Hah ...
... dich auch ...
Tamaki!
Mailbox
Nachricht abspielen ...

Tut mir leid, ich bin's wieder ...
Ich mache mir Sorgen, weil es auch regnet ...
Ich warte vor deiner Wohnung.
BIEP
Tamaki? Wo bist du jetzt?
Du wolltest noch mal zurückkommen, bist aber noch nicht da ...
Hah ...
BIEP
Hah ...
Ende der Nachricht
Mailbox
Nachricht abspielen ...
...
Das ist doch ...

Yuki-
shiro ...?
KULLER
KULLER
Irgend-
was stimmt
nicht mit
mir ...
Ich will
doch die
Paarbin-
dung mit
dir ein-
gehen
...
Was ...
soll das
dann
...?
Yuki-
shiro ...
Was ...
Was
hab ich
gemacht
...?
Wieso
...?
Yuki-
shiro ...

Alles ist gut. Beruhige dich.
Meine Mutter hat genauso gelitten.
Mit dir ist alles in Ordnung.
Du bist doch ein Mensch, der Gefühle hat.

Ich werde dich nicht beißen.
Niemals.
STREICH
Nhn ...
KISS
Ffh ...
KISS
KISS

Ich liebe dich.
KISS
DRÜCK
KISS

SCHAUDER
!
ZUCK
Uh ...
Was ist das?
TAUMEL
Hah ...
Ich habe ein ungutes Gefühl ...

Sind sie et-
wa die Paar-
bindung ein-
gegangen ...?!
Hah!
Ich
muss
mich be-
eilen!
Hah!
Schnell!
Hah!
Ich bin
gleich
da ...!
GNNGH
Tamaki!
BAMM

Kapitel 17

Hah ...
Was ist ...? Komm doch her ...
Lass den Ω nicht warten ...
Kapitel 17

... du β.

Ta...
Tamaki ...
!
FWWOO
Tamaki ... er ist ...
ZUCK
Hah ...
β ...?
... kaum bei Sin-nen ...
Fuji ...?
Ah!

!
WUPP
Die Paarbindung ...!
Du wurdest ...
... nicht gebissen ...
Ich bring dich hier weg ...
Tamaki ...
Halte durch!
Warte.

Ich hab jetzt keine Zeit, mit dir zu reden ...!
Beru-hig dich mal!
Nhn ...
Hah ...
ZUCK
KISS
SST
KISS
Nh ...
Tamaki ...
Hah ...
Willst du Yukishiro in dem Zu-stand ...
... einfach hier raus-tragen?
Seine Pheromone haben draußen bereits viele Menschen be-einflusst.
Wenn ein Ω, der nicht mehr bei Sinnen ist ...
... den brünstigen Wölfen zum Fraß vor-geworfen wird ...

... soll-
te selbst
ein β wie
du wissen,
wozu das
führt.
ZUCK
...!
SCHNAPP
SSST
DRÜCK
GATSCHAK
Ich
kann ihn
doch auch
nicht hier-
lassen
...
Bei dir
ist er ge-
nauso in
Gefahr!

Hiira... gi ...
Ich will ... ein Baby ...
Ta... Tamaki ...?!
Ta-maki ...
Beiß mich ... Bitte ...!
Mach mir ein Baby ...
Ta-maki ... hör auf ...!

Ich bitte dich!
Bitte, bleib bei mir!
WUPP
Hiiragi ...
Ich liebe dich ...
Tamaki ...!
Schnell, geh mit mir die Paarbindung ein!

PACK
Yuki-shiro.
!
Was soll das ...?!
WPP
Das ist ein Befehl.
Mach's mit ihm.
ZUCK
Hah ...
Hah ...
Auf den wirst du doch hö-ren, nicht wahr, Ω?

Lass mich los ...!
SHRRT
Halt still ...
... wenn du Yuki-shiro hel-fen willst.
SST
Hah
...?
BEISS
Uh ...!
...!
ZUCK
Wa...?
LECK
Yuki-shiro ...
Nh!
SAUG

Mach den Mund auf.
Ta-maki ...
LECK
Hah ...
Lass ...
... mich los ...!
Nh ...
Halt ja still!
SCHLECK
Bitte ... hör auf ...
Nh ...!
Ich werd fast verrückt ... weil ich ihn bei-ßen will ...
KISS
...!
KISS
LECK
Tamaki ...
SCHWINDEL

ZUCK
Und? So ein Blowjob ...
... von einem brünstigen Ω ist doch nicht schlecht, oder?
ZUCK
ZUCK
TSCHUPP
TSCHUPP
Ffh ...
SCHAUDER
Nnh ...
Ffh ...
Was ... denkst du dir dabei ...?!
Seine Medikamente wirken nicht.
SCHMATZ
SAUG
GUTSCH
GUTSCH
Hah!
Yukishiro muss befriedigt werden ...
... bis seine Pheromone nachlassen ...
Hah!
SCHAUDER

Aber das hier ... ist doch ...!
TROPF
Hah ...
Ich ... will ...
KRIEK
Ich ...
Verdammt ...
SCHWINDEL
Haah
Mir verschwimmt ... alles vor Augen ...
Mehr packe ich nicht ...
... will ...
... mehr ...
... in mir ...
TROPF
PACK
Tamaki ...
... nicht ...!
Der verehrte Ω will dich.
Hah
!
Du ...!

Das soll ...
TSCHUPP
... mein Tamaki sein?
STOSS
Nh!
Ah!
Hah!
SCHAUDER
Hah ...
ZITTER
Tamaki ...!
KEUCH
ZITTER
GNNGH
Aah ...!
So gut ...
Das ist ...
STOSS
ZUCK
Aah ...!

... ein
Ω, der
durch die
Macht des
Schick-
sals ...
... brünstig
geworden
ist ...
Nh ...
Tamaki ...
KRIEK
Nein.
Ahn ...!
Ah!
KRIEK
Nein.
Fühlt sich ... das gut an ...?
KRIEK
Küss ... mich ...
Nein!

Ich ...
KISS
ZUCK
Aahn ...
Nh!
KISS
SCHWINDEL
Hah ...
Mmhh ...
... will so was nicht mit Tamaki machen ...
ß ...
GRIP
Tamaki ...
ZUCK
KRIEK
KRIEK
ZUCK
Yukishiro liebt es, hart durchgenommen zu werden.

Stoß von unten so richtig tief in ihn rein!
RAMM
FWPP
!
GUTSCH
Hnnnh!
ZUCK
ZUCK
Aaah!
Hah ...
Na, bist du endlich bei der Sache?
Gib mir mehr ...!
SCHMELZ
Mach mit meinem Kör-per, was du willst ...
SCHAUDER

Ah!
WPP
ZUCK
PAMM
So gut!
Aaah!
GUTSCH
PAMM
SCHAUDER
PAMM
Aaah!
STOSS
Aaah!
SCHAUDER
ZUCK
Tiefer ...!
Hah!
Nnh!
Mehr ...!
Ah!
KRIEK
ZUCK
PAMM
KRIEK
STOSS
GUTSCH
GUTSCH
ZUCK
So tief! So gut ...!
Ah ... Aah ...!
Ich ko...
Ah!
AAHH!
HHH!

Komm ...
... ganz viel ... in mir ...
STOSS
Aah!
Ah!
GUTSCH
PAMM
PAMM
PAMM
KRIEK
Ah!
AH!
Nhn!
GUTSCH
ZUCK
KRIEK
Das ... ... ist ...
ZUCK
... so tief!
Ahn!
KRIEK
Aah!
PAMM
Immer ...
HAH!
TSCHUPP
TSCHUPP
... nur ... dort ...!
WUPP
Ah!
WUPP
PAMM
Aaah ...!
Ah!
Ich komme ...!
Ich krieg ...
... ein ... Baby ...
SCHAUDER
PAMM

Aah!
SPRITZ
RAMM
Hah ...
Hah ...
FLUTSCH
Hah ...
Hah ...
War es gut ...?
Hey ...
Hah ...
Tun ... wir's ... noch mal ...
Hah ...
TROPF
Tamaki ...

Bitte ... komm wieder zu dir ...
Erkennst du mich nicht mal mehr ...?
Tamaki ...
Fuji ...?
Fuji ...
Ah!
Wa-rum ...
... weinst du ...?

DRÜCK
Fuji ...?
Was machst du hier ...?
Das ist wieder mein Tamaki ...
Ent-schuldi-ge, Fuji ...
Ich habe dich schon wieder ...
Nein ...
Das ist es nicht, Tamaki ...
Er wurde brünstig, verlor den Verstand ...
...?

Körperlich wie geistig leidet er gerade am meisten.
Und doch macht er sich selbst jetzt im-mer noch Sorgen um andere ...
Tamaki ...
... bitte leide nicht mehr al-lein!

Fuji ...
Tamaki, während ich von dir getrennt war, habe ich viel darüber nachgedacht ...
... warum du versuchst, dich deinem Schicksal zu fügen.
Sich dem Schicksal nicht zu fügen ...
Bisher hast du immer dagegen angekämpft ...
... war eigentlich sein Lebensmotto.
Ich bin vor den αs davongelaufen.
Doch du hast mir gezeigt, gar bewiesen ...
... dass man selbst als Ω genauso leben kann, wie man es sich wünscht.

Ich hingegen habe dich immer nur bewundert ...
... und mich selbst nicht verändert.
Ich stand dir näher als irgendjemand sonst und habe die ganze Zeit beobachtet, wie du als Ω gegen dein Schicksal ankämpfst.
Ich fühlte mich minderwertig, weil ich ein β bin ...
... und redete mich dir gegenüber auch mit Ω dies und β jenes heraus.
Ich bin vor mir selbst weggelaufen.
Als ich das Haus verließ, bin ich praktisch vor meinem α-Vater und meinen α-Brüdern geflohen ...
... und obendrauf ...
Irgendwie beruhigt mich das ...
In dieser Welt heiraten βs untereinander.
Und da mit einem Ω zusammen sein zu wollen ...
Es kommt nur so selten vor, dass du mal von deiner Familie redest.
Endlich habe ich begriffen ...

Du hast versucht, mich zu beschützen.
Ich wünschte, du wärst ein α ...
... dass du das alles womöglich nur meinetwegen machst ...
Weil ich zu schwach war ...
... konntest du dein Leben nicht so leben, wie du willst.
Er hat alles versucht, um mich von sich zu stoßen ...
Es tut mir leid, dass du wegen mir so etwas sagen musstest.

SCHÜTTEL
Nein, Fuji ... ich ...
Du hast mich immer beschützt ...
Ich wollte dich nicht mehr ...
... in mein Leben als Ω reinziehen ...
Ich wollte, dass du glücklich wirst ...
... weil ich dich liebe!

Ich habe ... dich schon immer geliebt ...
Die Zeit, die wir miteinander verbrachten, die Gespräche, die wir führten und die Orte, an denen wir waren ...
Solange ich all die Erinnerungen an uns hatte ...
... war ich mir sicher, auch allein leben zu können.
Ich wollte diese Gefühle nicht vergessen.
Ich wollte dich weiterhin lieben ...
... und das um jeden Preis.
Tamaki.

Du hast mich bisher immer beschützt.
Also lass mich diesmal ...
... endlich dich beschützen.
Bei dir war ich zum ersten Mal froh, ein β zu sein.
Du hast mich gerettet, als ich nirgendwohin konnte.
Ich dachte, dich gerettet zu haben ...
... dabei war ich derjenige, der deine Unterstützung erfuhr.
Ich möchte mich ändern.

Ich laufe nicht mehr davon.
Weder vor meinem Schicksal, als β in die Familie der Saotomes geboren worden zu sein ...
... noch vor dir, Tamaki.
Ich liebe dich!
Ich gab vor, dich nicht zu wollen, nicht eifersüchtig zu sein ...
Ich versteckte meine Gefühle und gab mich stark ...
Ich schob alles darauf, ein β zu sein und gab schnell auf ...
Doch mit all dem ist jetzt Schluss.

Ich werde stärker, um dich beschützen zu können, Tamaki.
Also lebe auch du dein Leben so, wie du es leben willst!
Du warst es doch, der mir beigebracht hat ...
... dass man das Schicksal aus eigener Kraft verändern kann!

Fuji ...
... ich ...!
SCHNAPP
!
Gib ihn mir endlich wieder.
Er ist mein Part-ner!

Tamaki ...
Bilde dir nichts ein ...
... du β.
Hiiragi, das tut weh ...!
Ich hab es dich nur mit ihm treiben lassen, um ihn zu schützen.
Deine Bereitschaft und Entschlossenheit haben keinerlei Einfluss auf unsere Verbindung.
Ich hab's dir doch gesagt ...
Auf der ganzen Welt bin ich der Einzige ...
... der Yukishiros Körper zufriedenstellen kann.

TROPF
Sieh selbst: Auch nachdem er durch den Sex mit dir gekommen ist ...
... hat er sich keineswegs beruhigt.
WPP
Nein ...
Nicht ... Hii...ragi ...
Nein, Fuji ...! Sieh weg ...!
...!
Du ... kannst ihn doch nicht zwingen ...!
WPP
β ...
!
Wenn du kapiert hast, was ich sage ...
... dann halt ihn hier gut fest!
SST
ZUCK
Ah!
Nnnh ...!
Ah!
STOSS
GUTSCH

Hah ...
Du hörst dich toll an, Yukishiro.
Hyaaah!
Aaah!
Aaahn!
ZUCK
SCHAUDER
Ah!
Nh!
PAMM
Aaah!
Lass ihn dein Stöhnen hören ...
... wenn du von deinem Schicksalspartner geliebt wirst.
ZUCK
PAMM
Ah!
PAMM
PAMM
Ah!
Warum ...?
PAMM
Ah ...
Tamaki.
ZUCK
Fuji ...
Obwohl mein brünstiger Körper zu verglühen droht ...
N... Nein ...
Bitte ... geh r... raus ...
Äh ...?
... bin ich ganz klar im Kopf.
PRESS
Hah!
Ich will nicht ...

... dass Fuji mich weiterhin so sehen kann ...
PACK
Tamaki ...
... ich gehe ... nirgendwohin ...
Egal, was mit dir passiert, ich bleibe an deiner Seite!
Fuji ...
... ich ...
... bin kein so toller Mensch ...
... wie du denkst.
Ah!
Ich kann einfach nicht anders.
So sehr ich es mir selbst auch schwöre ...
Aah!
Fu... ji ...
... das, woran ich immer denke, ist ...

Nnh ...!
Tamaki ...
Hah ...
Fuji ...

Tamaki.
Ugh ...
Nh ...
Hicks
Tamaki ...
Drück
Uh ...
Hicks
Nh ...
Fuji ...
Das, woran ich immer denke, ist ...

GATAMM
Tamaki!
Fuji ...
Hast du nicht gerade Unterricht?
Ich hab vom Klassenzimmer aus gesehen, wie du hier reingegangen bist.
Alles okay bei dir?
Ich bin nicht brünstig, also alles gut.
Ist nur eine Anämie ...
Geh zurück in den Unterricht!
Darum geht es doch nicht.
SST
Eine Anämie ist für jeden unangenehm ...
... egal ob Ω oder nicht.

Ich wollte mir ...
... dieser Gefühle nicht bewusst werden.
Na los, steig auf!
Ich bring dich ins Krankenzimmer.
Selbst wenn ich sie ihm gestehen würde, könnten wir keine Paarbindung eingehen.
Mir war klar, dass ich Fuji nur ins Unglück stürzen würde.
Und in dem Augenblick wurde es mir bewusst ...
Einem Ω wie mir war es nicht einmal gestattet ...
... jemandem seine Gefühle zu gestehen.

Wir liebten einander so sehr ...
... dass wir unsere Gefühle füreinander verborgen hielten ...
Fuji ...
...!
Darf ich mir ... denn wünschen ...
... mit dir ... zusammen zu sein ...?
PRESS
Auch wenn ich dich womöglich ins Unglück stürzen werde ...?

DRÜCK
Von dir ...
... würde ich mich jederzeit ins Unglück stürzen lassen, Tamaki.
Ich nehme jedes Schicksal an.
Doch um ehrlich zu sein ...
... wollte ich dich von deinen Qualen als Ω so gut wie möglich erlösen ...
Ohne eine Paarbindung einzugehen, wird Tamaki niemals von seiner Brunst erlöst.
Wenn er mit mir, einem β, zusammenkommt, wird er sein Leben lang unter seiner Brunst leiden müssen.

Wenn du also mit mir zusammen sein willst, Tamaki ...
... dann werde ich dir jederzeit zur Seite stehen und dich unterstützen.
Egal wie schwer es wird, wie sehr ich verletzt werde ...
... und selbst wenn das Schicksal uns doch noch auseinanderreißen sollte ...
Ich werde immer nur dich lieben.
Tamaki, wirst du mit mir ...
... gemeinsam leiden?
Nun habe ich sie ihm gestanden.
Einem Ω wie mir war es nicht einmal gestattet, jemandem seine Gefühle zu gestehen.
Obwohl ich meinen Liebsten ...
... womöglich ins Unglück stürzen werde ...
Trotzdem ...

... wollte ich es ihm auch sagen.
Fuji, ich auch ...
Ich will mein Leben ...
... mit dir verbringen, Fuji.
BA-DUMM
Tamaki ... der Geruch hat sich wieder ...
SCHAUDER
Wieder dieses Gefühl ...

... verän...
DOSCH
GATSCHAMM
HUST
HUST
Hngh ...!
SCHAUDER

Nh ...
KEUCH
KEUCH
KEUCH
Der Ω gehört mir ...
Schwängere ihn!
Beiß zu!
Ich gebe ihn ... nicht her ...!

Tamaki!
Durch die Macht des Schicksals ...
Du musst weg von ihm ...!
Schnell!
SST
Geh die Paarbindung mit ihm ein ...!
SCHMERZ
Nh ...!
Es ist völlig egal ...
Tamaki!
... was wir wollen oder empfinden.

Man nennt es »Schicksal« ...
BEISS
... weil man ihm nicht entrinnen kann.

Kapitel 18

Uah ...
FUMP
KRIEK
Ah ...!
KRIEK
Aaah ...!
KRIEK
Aah!
KRIEK
Nnah ...!
KRIEK
Aah ...!
KRIEK

Hah ...
TSCHUPP
Hah ...
Hah ...
Ta... Tamaki ...
Hah ...
Ah!
Tamaki!
GATAMM
Nh ...
Tamaki ...
SCHMERZ
Uh ...

Nh ...
Ich ...
... wurde gebissen ...?
N... Nein ...
Tamaki! Beruhige dich!
Nein ...
Ich bin ...
... in einer Paarbindung ...
Ich versorge deine Wunde ...
BATSCH

Nein, Fuji ...
TRÄN
TRÄN
Fass mich ... nicht an ...
Ver-zeih ...
Ich bin jetzt ...
... in einer Paarbin-dung ...
Tamaki ...

STREICH
Tamaki.
Es ist alles in Ordnung. Bitte beru-hige dich.
Wenn ich eine Paar-bindung eingehe ...
Fuji ...
Nein ...
Ich ...
Ich will dich nicht vergessen ...
... ver-gesse ich womög-lich ...
... meine Gefühle und alles andere ...
Tamaki ...

Selbst wenn du Gefahr laufen solltest, mich zu vergessen, sorge ich dafür, dass du dich sofort wieder erinnerst ...
Es wird alles gut.
Ich bin bei dir.
Und falls du mich doch vergessen solltest ...
Uuh ...
... strenge ich mich an, damit du dich wieder in mich verliebst.
Selbst wenn das nichts bringen sollte, bleiben meine Gefühle für dich unverändert.
Auch wenn du mich vollkommen vergessen solltest ...
Uuh ...
... werde ich immer nur dich lieben.
Sei unbesorgt.

Tamaki ...
... ist es für dich unangenehm, von mir umarmt zu werden?
Eine Abstoßreaktion ...
Ist dir schwindlig oder kalt?
Oder ist dir übel?
SCHÜTTEL
Nein ...
SCHÜTTEL
Kein ...
... bisschen ...!
Das freut mich ...
Selbst Freunde und Verwandte ...
... umarmen einander ja ...
... also scheint das in Ordnung zu sein.
ぎゅっ
DRÜCK

Und, Tamaki …
… was ist da-mit?
SCHÜTTEL
SCHÜTTEL
Schön …
Dann können wir auch Händ-chen haltend nebeneinander hergehen.
Weine nicht, Ta-maki …
… ich bin glück-lich, dass ich dich berüh-ren kann.

Seit ich mich in dich verliebt hatte ...
... war ich in Gedanken drauf gefasst ...
... dass irgendwann dieser Tag kommen würde.
Ich dachte, ich würde dich nie wieder berühren können ...
... wenn du mit jemandem eine Paarbindung eingegangen bist.
Uuh ...
Dich nun anzufassen ...
... und sogar umarmen zu können ...
Uuh ...
HICKS
... ist wie ein Traum für mich.
Tamaki ...
... bitte, leide nicht allein.

Wenn es schmerzt, egal ob wir zusammen ...
... oder getrennt voneinander sind ...
... dann lass uns lieber gemeinsam leiden.
Solange ich mit dir zusammen sein kann ...
... macht es mich schon glücklich, nur deine Hand zu halten.

VROOOM
ビュオォォ
Herr Hiiragi!
TAUMEL
SACK
!

ZUCK
Hah ...
Hah ...
Hah ...
Herr ... Hiiragi ...
Ihr Arm ...!
Hah ...
Augenblick, ich versorge Ihre Wunde schnellstmöglich ...!
... ist ... schon gut ...
Delphi ...
Schnell ...

... bring mich ...
... an einen Ort ...
Hah ...
Hah ...
... an dem mich Yukishiros Pheromone nicht errei-chen ...
Bring mich ...
... schnell weg von hier ...

Obwohl sie eine Paarbindung eingegangen sind ...
... spüre ich seine Pheromone ...
... und seine Brunst scheint nicht nachzulassen.
Tamaki?
Was hat das zu bedeuten ...?
DRÜCK
!
Nh ...
Haah
Wenn wir weitergehen ...
... wird sein Körper mich sicher abstoßen ...
Fuji ...
...
REIB

RRRITSCH
FWPP
Tamaki, gehen wir ins Kran-kenhaus.
WHAPP
Ich be-sorge uns ein Auto ...
Nein, Fuji ...
Äh ...?
Hier in Sennichiko gibt es kein Kranken-haus.

Für den Fall der Fälle hatte ich das gecheckt ...
... aber hier gibt es kein Krankenhaus, in dem Ωs untersucht werden.
KEUCH
Darum habe ich vorsichtshalber mehr Medikamente mitgenommen ...
... aber sie haben überhaupt nicht gewirkt.
Was jetzt ...?
Fuji?
Alles wird gut.
Ich bringe dich in ein Krankenhaus in Tokyo.

RAUSCH
Alles in Ordnung, Herr Hiiragi?
Wir sind nun ein ganzes Stück weit weg.
Das sollte reichen ...
Nein, noch nicht ...
Ich vernehme immer noch ganz schwach ...
... seinen Duft ...
Halten wir hier an, damit ich Ihre Wunde versorgen kann.
Danach fahren wir sofort in ein Krankenhaus ...
Vermutlich wird er nie ganz verschwinden, egal, wie weit ich mich entferne ...
Hah ...
Hah ...

Unser Schicksal war es, uns voneinander angezogen zu fühlen ...
Ich will ihn beißen ...
KNIRSCH
KNIRSCH
Ich will ihn beißen!
Hah ...
SST
Herr Hiiragi ...
Beißen Sie ruhig hinein ...
... so-lange mein Arm Ihnen genehm ist.

PACK

BWOOOH

Herr Hiiragi ...
RUTSCH
Ich ...
... werde nicht gelenkt ...
Das ist nicht die Macht des Schicksals.
Ich habe ihn wirklich geliebt.
Yukishiro ...

Fuji ... wo bringst du mich hin ...?
Wir kehren zurück nach Tokyo.
Aber wie ...?
Selbst mit dem Shinkansen dauert es drei Stunden.
Keine Sorge.
Mein Vater hat mir hier die Kontrolle übertragen ...
Die Kontrolle übertragen ...?
BAMM

Tut mir leid ...
... dass ich dich so plötzlich um einen Gefallen bitten musste.
Du bist sicher erschöpft ...

Nein, wir haben heute alles abgesagt.
Alle sind zurück ins Hotel und ruhen sich aus.
Vater sagte auch ...
... dass wir dich unter-stützen sollen.
... Sumire.
...
Fuji, du ...
Nein, schon gut ...
Was ist mit dem brünsti-gen Ω?
Ihm geht es gut.
Pilotenschein
Zertifikat Nr. 123456
Kategorie: Helikopter
Land: Japan
Name:
Geschlecht: Ω
Geburtsdatum: XX.XX.19XX
Nationalität: Japan
Tokyo-to XX-ku XXX 999-11-2
Dieses Zertifikat ist beim Steuern eines
mitzuführen.
XX.XX.20XX gez. Verkehrsminister
Seine Symptome haben nach-gelassen ...
... und er hat sich etwas be-ruhigt.
Aber die Nacht dürfte wieder gefährlich werden ...
... da-rum bringe ich ihn in ein Krankenhaus mit einem Facharzt.

Ich hätte nicht gedacht, dass es dein Vorgesetzter war.
Es muss Schicksal gewesen sein ...
... dass ihr euch ausgerechnet hier begegnet seid.
Das ...
Für den Fall der Fälle haben wir alle Gäste evakuiert ...
... und in einem Hotel in der angrenzenden Stadt untergebracht.
...
Derzeit ist nur eine minimale Belegschaft vor Ort ...
... die ihre Anweisungen von mir erhalten hat.
Dieser Kerl ...
Ich denke, dass wir morgen wieder zum Normalzustand zurückkehren dürften.
Ich werde auch nach Tokyo zurückkehren ...
... also meldet euch bitte, falls etwas sein sollte.

Fuji ...
Darüber hast du doch mit Vater gesprochen?
Erinnerst du dich noch ...?
... wirst du wieder zu uns zurückkehren?
Ich war vor Kurzem wegen der Arbeit ...
... beim Chefkoch des Belfiore.
Ich habe noch einen langen Weg vor mir ...
... weil ich immer perfektionistischer werde.
So jung und Sie haben bereits drei Sterne?
Am wichtigsten ist, dass man seinen Prinzipien treu bleibt.
Seine Minestrone schmeckte immer noch ...
... genauso wie damals, als ich noch klein war.

Sie schmeckte immer noch so ange- nehm mild ...
... wie der Chefkoch menschen- freundlich und pflicht- bewusst war.
Sumire ...
... hat Vater sich auch nicht verändert?
Fuji, du ...
Untersuchungsbericht über illegale Darlehen

Kapitel 19
Ich möchte dich gern zu einer Sache befragen.
Untersuchungsbericht über illegale Darlehen
Was ist das ...?
Ein Bericht?

Kapitel 19

Oh, das ist aber lange her!
Du warst ja noch so klein.
Fuji, der jüngste Sohn, richtig? Ich erinnere mich!
Oh, du erinnerst dich aber nicht an mich, oder?
Doch, ich erinnere mich wieder ...
An Ihr Gesicht nur verschwommen ...
... aber an die Minestrone sehr gut.
Ziemlich direkt ...
Verschwommen ... Also echt ...
Arbeitest du nicht bei deinem Vater?
Nein ... Meine Brüder werden die Firma übernehmen.
Kawakado Residen
Outlet
Verstehe ...
Ach ja, vor einigen Jahren ...
... hat ein Bekannter von mir eine Immobilie von der Saotome Group gekauft ...
... und bekam dann Probleme, weil die Miete für die Unterverpachtung gesenkt worden war oder so ...

Ich traf neulich einen Investor ...
... der eine Immobilie der Saotome Group erworben hat.
Es gibt Unstimmigkeiten bezüglich des Darlehens ...
... in das der Makler, der Besitzer und die Bank involviert waren.
Viele dieser Wohnungen wurden aus Gründen der Marktstrategie erworben ...
... und es besteht die Möglichkeit, dass viele dieser Strategie zum Opfer gefallen sind.
Der Vertrag wurde noch vor dem Eintritt meiner Brüder in die Firma abgeschlossen.
Weißt du also etwas darüber, Vater?

Hah!
Tamaki ...
RUCK
Tut mir leid, ich muss eingeschlafen sein ...
Du hättest mich wecken können ...
Ich bin auch gerade erst aufgewacht.

!
Au ...!
SCHMERZ
Fuji, du bist doch auch verletzt!
Mir geht es gut ...
Ein Glück ...
Du hast nur erhöhte Temperatur.
Du hast starke Blocker bekommen ...
... die deine Pheromone zu unterdrücken scheinen ...
... aber die können auch starke Nebenwirkungen verursachen ...
Meine Pheromone ...
Kannst du sie etwa immer noch spüren ...?
Ja ...
... wenngleich nur ganz leicht ...

Ich bin mit Herrn Hiiragi doch eine Paarbindung eingegangen ...
...
Verstehe ...
Keine Sorge.
Ich hatte ... einen Traum ...
Du kamst darin vor ... als wir noch Schüler waren ...
... also warum ...?
Es ist alles gut, Tamaki.
Bleib ruhig noch etwas liegen.
Ich habe den Arzt gebeten, diesbezüglich zu recherchieren.
Und als ich die Augen aufmachte, sah ich dich direkt ...
... darum dachte ich, ich würde noch träumen ...

Das ist kein Traum!
Ich bin und bleibe bei dir!
sitätsklinik
Ent-schuldige all die Um-stände, Fuji ...
Du hast mich sogar in ein Kran-kenhaus in der Hauptstadt gebracht ...
Der He-likopter kam aber unerwar-tet ...
Ich hat-te echt Angst ...
Tut mir leid! Ich wollte dich nicht er-schrecken!
Ich sag-te, ich wür-de dich be-schützen ...
... doch letzten Endes ...
... haben Vater und meine Brü-der uns ge-holfen.
Nein ...

Ich bin überzeugt, dass dir dort die Kontrolle überlassen wurde ...
... weil du dich entschieden hattest, dich deinem Vater zu stellen.
Anderenfalls hätten sie uns auch nicht geholfen.
Es ist deiner Stärke zu verdanken ...
... dass sie uns unterstützt haben.
Vater ...
Ich empfand es immer als Schande ...
... als Mitglied der Saotome-Familie kein α zu sein.
Darum habe ich dich in meinem Leben bisher eher gemieden.
Selbst nachdem ich das Haus verlassen hatte, wurde ich stets mit dir und meinen herausragenden Brüdern verglichen ...
... wodurch ich den Namen »Saotome« gar zu hassen lernte.
Aber ...

Trotz allem war ich immer stolz ...
... auf dich und auf meine Brüder.
Ich ...
... habe immer zu euch aufgesehen ...
Ich beneidete meine Brüder dafür ...
... dass sie deinen Erwartungen gerecht wurden.
Denn irgendwann ...
... wollte auch ich von dir als dein Sohn anerkannt werden.
Du bist jedem gegenüber streng ...
... aber am allermeisten gegenüber dir selbst.

Du bliebst deinen Prinzipien immer treu.
Deine Worte entsprachen stets der Wahrheit.
Ich möchte noch immer ernsthaft danach streben ...
... so zu werden wie du.
Darf ich dich auch weiterhin ...
... als mein Vorbild ansehen ...?
Tamaki ...

Was würdest du tun, wenn du rausfinden würdest ...
... dass jemand, der dir nahesteht, etwas Unrechtes tut?
Dieses Geschäftskonzept wird irgendwann scheitern.
Vorher sollte ich die Bank warnen ...
Untersuchungsbericht über illegale Darlehen
Aber ...
... wenn ich das mache ...
Fuji?
Dabei hatte ich doch gerade erst meinen Entschluss gefasst ...
Tamaki ...
... ich ...

... werde vermutlich etwas tun ...
... wofür du mich verachten wirst.
BWW
BWW
Ah! Ich hab vergessen, es auszuschalten ...
Entschuldige ...
... ich muss da eben rangehen.
GATAMM
Fuji ...

Es scheint, als würde er sich über irgendwas den Kopf zerbrechen ...
Seine Familie, und dann auch noch ich ...
Vermutlich ist das alles zu viel auf einmal.
Ob ich wirklich ...
... seine Freundlichkeit so in Anspruch nehmen darf ...?
PRESS
KLOPF
KLOPF
Herein!
Herr Yukishiro, Sie haben Besuch.
KATSCHAK
Yukishiro ...

Es ist also wieder alles beim Alten ...
Nein, ich habe nichts getan ...
Universitätsklinik
Verstehe ...
Ja, vielen Dank.
Anruf beendet
Fuji ...
... du scheinst da etwas misszuverstehen
Forschungsinstitut Wolf Tsuyufuka
03-0226-XXXX
Seit dem Tag deiner Geburt ...
... gab es nicht einen Augenblick, in dem ich dich nicht als meinen Sohn angesehen hätte.

Kikyo, Sumire und Fuji ... Ihr seid alle drei meine Söhne.
Und ich habe nichts getan, das Schande über meine Söh-ne bringen könnte.

Tut mir leid ...
... dich so zu überfallen.
Als ich gehört habe, dass ein brünstiger, männlicher Ω eingeliefert wurde ...
... musste ich an dich denken.
Geht es dir gut?
Sie hatten also bemerkt ...
... dass ich ein Ω bin ...
... Erika.
Nein ...
Ich dachte die ganze Zeit, du seist ein α.

Aber ich konnte an dir ...
... meinen Sohn riechen.
Ich weiß nicht, ob es stimmt ...
... aber ich habe gehört, dass an einem Ω oft ...
... der Geruch des αs haften bleibt, mit dem er verkehrt.
Entschuldigen Sie, dass ich nichts gesagt habe ...
Schon gut, wir haben alle unsere Gründe.
Außerdem ...
... muss ich mich entschuldigen.
QUIETSCH
Es tut mir wirklich leid!

Meine Vergangenheit hätte ich dir, einem Ω ...
... nicht erzählen dürfen.
Nicht doch ...
Es hat mich gefreut, dass sie diese schmerzhafte Geschichte ...
... mit mir geteilt haben, Erika.
...
Sagen Sie ...
... denken Sie immer noch, dass Sie lieber ...
... nicht mit einem β zusammengekommen wären?

Um ehr-lich zu sein ...
... weiß ich es nicht, egal, wie sehr ich darüber nachdenke.
Sennichiko-Krankenhaus
Ich weiß nicht, was richtig ...
... oder was falsch war.
Aber es hat mich glücklich gemacht, als Ouka geboren wurde.
Ich will sein bis-heriges Leben ...
... und seine ganze Exis-tenz nicht ablehnen.

Ich habe vielen Menschen Probleme bereitet.
Doch egal, was andere sagen mögen ...
Für die Geburt unseres Sohnes Ouka ...
... haben wir als Ehepaar die richtige Entscheidung getroffen.
Zu dem Schluss bin ich ...
... nach unserem Gespräch gekommen, Yukishiro.
Ich danke dir.
Sie sind eine starke Frau.
Sie wussten, wie das Schicksal eines Ωs aussieht ...
... und konnten dennoch an eine gemeinsame Zukunft mit ihrem β-Ehemann glauben.
Ich hatte versucht, mein Leben allein zu bestreiten.

Der Gedanke daran, einen geliebten Menschen ins Unglück zu stürzen ...
Ich schalte es aus ...
... war für mich schier unerträglich.
Doch da ich diesen Menschen immer noch liebte ...
... konnte ich auch keinen anderen Partner wählen.
Du hast also auch einen geliebten Menschen, Yukishiro.

Tamaki ...?
Ist er auf der Toilette ...?
Ah!
Herr Yu-kishiro ist vorhin ...
Kein Wunder, dass du zweifelst.

Selbst wenn man eine Entscheidung getroffen hat ...
... hinterfragt man diese doch immer wieder.
Man sorgt sich, ob es nicht doch ...
... eine bessere Option gegeben hätte.
Für mich drehte sich auch alles immer wieder im Kreis.
Schließlich sollte man voll dahinterstehen, wenn man sich entschließt ...
... sein Leben gemeinsam mit jemandem zu verbringen.
Man muss dazu bereit sein, den Partner in sein Schicksal zu verwickeln ...
... und dessen Schicksal mitzutragen.

Und genauso muss man bereit sein ...
... einander zu lieben, was auch geschieht.
Ich war damals noch sehr jung ...
... als ich mit meinem Mann durchgebrannt bin.
Und als wir Problemen gegenüberstanden ...
... hatte ich weder den Mut noch die Kraft, diese zu überwinden ...
Letzten Endes habe ich gegen das Schicksal verloren.
Aber weißt du, Yukishiro ...
... wir mögen zwar beide Ωs sein ...

... aber wir sind zwei verschiedene Menschen.
Wie bitte ...?
Tamaki hat sie immer wieder besucht ...?
Innenhof
Ja, genau.
Er kam trotz seiner Arbeit ...
... fast jeden Tag vorbei, um mit ihr zu sprechen.
Tamaki ...
... machte in letzter Zeit viele Überstunden.
Und ich ...
... konnte nur dran denken, dass ich ihn diesem Kerl nicht überlassen wollte ...

Anscheinend habe ich nie bemerkt ...
... was er wirklich durchgemacht hat ...
Wir sind sehr froh darüber ...
... denn dadurch hat sich ihr Zustand sehr gebessert.
Ihr Sohn ...
... kommt nur sehr selten vorbei.
Niemand kann sagen ...
... ob man glücklich oder unglücklich wird ...
... egal, wie man sich entscheidet.
Die Zukunft, Kinder, die Brunst ...
... ich hatte wirklich viele Sorgen.
Aber egal, wie sehr ich auch litt ...

Wir waren sehr glücklich zu zweit.
Ich war bereit, von ihm verletzt zu werden.
Denn auch wenn er dies täte, würden wir den Schmerz teilen ...
... und auch dann noch glücklich sein.
Es war für mich wie ein Segen ...
... so jemandem begegnet zu sein.
Hiiragis Vater ...
... war sicher genauso bereit, von seiner Frau verletzt zu werden.
Yukishiro ...
Ich habe gegen das Schicksal verloren ...
... und klinge dadurch wohl nicht sehr überzeugend ...

Egal, wie glücklich man wird ...
... eine gewisse Angst bleibt immer bestehen.
Darum wünsche ich mir für dich ...
... dass du an den Partner glaubst, den du erwählt hast ...
... und mit diesem glücklich wirst.
Du sagtest zwar ...
... dein Gegenüber würde wegen dir ins Unglück stürzen ...
... aber das glaube ich nicht.
Du hast die geistige Stärke und die Kraft ...
... die Person, die du liebst, glücklich zu machen.
Das kann ich dir versichern!

Schließlich ...
... hast du auch mich wieder zum Lächeln gebracht.
Erika ...
FWOOOSH
Ah!
Ich danke dir.
Es ist sehr windig geworden.
Wir sollten langsam wieder reingehen.

Yukishiro ...
Ja ...
Egal, wie sehr ich dich auch ansehe ...
... ich sehe nur einen herausragenden α in dir.
Ich kann es wirklich nicht glauben ...
Dich halten doch alle ...
... für einen α, oder?
Und überhaupt!
Das gibt's doch gar nicht!
BLUUUSH
Erika ...
Ich habe noch nie gehört, dass ein Ω als α durchgegangen ist!
Ausgeschlossen!
Aber du ...
... hast bisher geschafft ...
... was ich für völlig unmöglich gehalten habe.

Und das mit dem Körper eines Ω ...
Verzeih mir.
Ich hätte gern viel früher bemerkt ...
... dass du ein Ω bist.
Du hast es wirklich, wirklich weit gebracht!
Es war sicher nicht leicht für dich!
Gut gemacht, Tamaki!
Yukishiro ...
... als Ω bin ich wirklich stolz darauf, wie du dein Leben lebst!
Danke, dass du dich durchgekämpft hast ...
... und ich dich kennenlernen durfte.

Es wird alles gut.
Du bist ein Ω, aber nicht ich.
Dich wird nicht dasselbe Schicksal ereilen.
Aber irgendwie ...
Hi hi ...
Tut mir leid!
Bisher sah ich dich nur ganz cool im Anzug ...
... doch nun merke ich ...
Du lachst und weinst ...
... dass du eigentlich sehr süß bist.
Süß?!
Äh?!
Du machst dir doch nur so viele Sorgen ...
... weil dir diese gewisse Person wirklich wichtig ist und du sie liebst, oder?
Das finde ich ...
... wirklich liebenswert.
Das ist menschlich und einfach wundervoll.

Wenn diese gewisse Person das hier hören würde ...
... würde sie sich bestimmt noch mehr in dich verlieben ...
... und erst recht nicht mehr von deiner Seite weichen wollen.
Jeder Ω führt ein ganz individuelles Leben.
Du bist als Ω den αs und βs ebenbürtig ...
... und arbeitest für einen großen Konzern.
Genauso ist es auch möglich, dass irgendwo auf dieser Welt ...
... ein β und ein Ω eine stärkere Verbindung haben als ein α und ein Ω ...
... und gemeinsam glücklich als Familie zusammenleben.
Du hast dich bisher stets gegen dein Schicksal gewehrt ...
... also glaube auch weiterhin an dich!

Erika ...
Haben Sie vielen Dank.
Frau Erika Tsutsuji
Auf Wieder-sehen.
Fuji ...

800
Herr Tamaki Yukishiro
Tut mir leid ...
Ich habe gehört, dass du im Innenhof gewesen bist ...
...
Das war also Herrn Hiiragis Mutter?
Ja ...
Seine Eltern sind ein β und eine Ω ...
Aber sie sind mittlerweile getrennt.
Darum dachtest du also ...
... dass uns das irgendwann auch widerfahren würde?
Nein ...
... ich weiß ...
... dass das nicht dasselbe ist ...
Aber ...

Fuji ...
... ich bin jetzt ein Ω, der eine Paarbindung eingegangen ist.
Wir können einander nie wieder nahe sein.
Irgendwann wird der Augenblick kommen, in dem ich, ein Ω, dir als β ...
... und Teil der Saotome-Familie, zur Last fallen werde.
Wirst du dennoch ...
...!
Ich habe Angst ...
... Fuji ins Unglück zu stürzen ...

Tamaki ...
Dem Prinzip dieser Welt folgend dürften wir niemals zusammenkommen.
Wenn das Schicksal es uns nicht erlaubt ...
... zusammen zu sein ...
Man muss dazu bereit sein, den Partner in sein Schicksal zu verwickeln ...
... dann ist diese Bissspur ...
... meine Strafe dafür, jemanden zu lieben ...
... in den ich mich nicht hätte verlieben dürfen.
Und das ist noch nicht alles.
Wenn das Glück eines Ωs darin besteht, mit einem α zusammen zu sein ...
... dann habe ich dich sogar ...
... deines Glücks als Ω beraubt.
Seine Brunst wird niemals ein Ende finden ...

Doch ich bin dazu bereit, bis zum Schluss mit dieser Sünde zu leben.
... und dessen Schicksal mitzutragen.
Darum werden sich meine Gefühle nicht ändern ...
... auch wenn du mit jemandem eine Paarbindung eingegangen bist.
Selbst wenn das Schicksal uns ...
... auseinanderreißen sollte ...
... werde ich dich für immer lieben.
Denn darin finde ich mein Glück.
Und genauso muss man bereit sein ...
... einander zu lieben, was auch geschieht.
»Ich will Fuji nicht vergessen.«
»Solange ich diese Gefühle nicht verliere ...
... kann ich ewig allein weiterleben.«
Fuji, auch du ...

Uh ...
Entschuldige!
Hab ich was Seltsames gesagt ...?
Uuh ...
TRÄN TRÄN
Tamaki ...?
Uuh ...
Tamaki ...
Yukishiro ...
Vielleicht wirst du mir nicht glauben ...
... aber immer, wenn es mir schlecht ging ...
... erinnerte ich mich an die glückliche Zeit mit meinem Mann und Ouka.
... doch auch weit entfernt von ihnen und mit einem anderen Partner ...
... konnte ich die beiden ... nie vergessen ...
Es fällt mir schwer, das zuzugeben ...

Derjenige, den ich von ganzem Herzen geliebt habe ...
... war, ist und bleibt meine erste große Liebe.
Solche Gefühle ...
... verschwinden nicht einfach.
Yukishiro, wenn du dir dein Leben vorstellst ...
... wer ist es dann ...
... den du als Stütze an deiner Seite siehst?
Wie ...
... konnte ich nur glauben, allein leben zu können?
Fuji war immer an meiner Seite.

Ohne ihn ...
... gäbe es mich heute nicht.
Selbst wenn das Schicksal uns auseinanderreißen sollte, werde ich dich für immer lieben.
Ich werde Fuji nicht alleinlassen.
Ich ... habe Angst ...
UMARM
... dich unglücklich zu machen ...
Fuji ...
Ich könnte dich verletzen, wenn mein Körper dich abstößt.
Wenn ich brünstig werde ...
... könnte ich nach meinem α-Partner weinen ...
Ich könnte dich vergessen!

Womöglich werde ich dich sehr oft verletzen und zum Weinen bringen.
Aber das glaube ich nicht.
Du hast die geistige Stärke und die Kraft ...
... deine geliebte Person glücklich zu machen.
Aber ...
Du warst es doch, der mir beigebracht hat ...
... dass man das Schicksal aus eigener Kraft verändern kann!
Trotzdem ...

Am Ende werde ich dich ...
... ganz sicher glücklich machen!
Ich werde alles geben ...
... um dich glücklicher zu machen ...
... als alle anderen!

Wirst du an mich glauben ...
... und diesen Weg mit mir gehen ...
... Fuji?
Das ...
... klingt wie ein Heiratsantrag.
Du hast das Schicksal verändert.
Ich weiß, wie stark du bist.
Du hast selbst gesagt, nichts würde ewig halten.
Das heißt aber ...
... dass selbst Unglück nicht ewig andauert.

Ich bin bereit, Verletzungen und Leid zu ertragen.
Weil ich weiß ...
... dass du ein Mensch bist ...
... der niemals aufgibt, um wieder glücklich zu werden.
Ich will mich weiter gegen das Schicksal auflehnen.
Ich glaube daran, dass uns auch schöne Momente erwarten ...
... wenn wir zusammen sind.
Nicht für mich ...
... sondern für ihn.
Gemeinsam können wir jedes Schicksal überstehen.
Von nun an gehen wir unseren Weg gemeinsam!
Ich folge dir überallhin ...
... Tamaki.

Du bist nicht die Mutter des Vize-präsidenten ...
... und ich bin nicht sein Vater.
Ich lasse dich nicht so einfach gehen.
Nein, ich ...
Ich lasse dich über-haupt nicht mehr ge-hen.
Nie mehr!
Lass mich nicht los ...!

Damit ich zu keinem gehe ...
... und auch sonst zu keinem anderen als dir.
Halt mich fest ...
Noch viel fester ...!
Tamaki ...

…
Mein Körper hätte ihn doch abstoßen müssen …?
Äh …?
Also warum …?
KLOPF
KLOPF
Herr Yukishiro …
Entschuldigen Sie.
Wir haben die Ergebnisse.

Wir kennen nun die Ursache.
Sennichiko-Kranken
Wir haben Ihren Arm notversorgt ...
... aber lassen Sie das in Tokyo richtig behandeln, ja?
Sie sind auf Schmerzmitteln.
Normalerweise würde ich Sie nicht nach einem Tag entlassen ...
... sondern dazu anweisen, mehrere Tage Bettruhe zu halten, bis Sie genesen sind.
Herr Hiiragi.
Soll ich Sie direkt in ein Krankenhaus in Tokyo fahren?
Nein, schon gut.
Der Arzt übertreibt einfach.
SHRRT

Wir haben doch einen Termin am Nachmittag, nicht wahr?
Schaffen wir den noch?
Dann müssen wir schleunigst zurück.
Sein Körper macht mir zwar auch Sorgen ...
Ja ...
Herr Hiiragi ...
... aber noch mehr sorge ich mich um sein gebrochenes Herz.
Obwohl wir Seelenpartner sind und eine schicksalhafte Paarbindung eingehen sollten ...
Es ist doch zum Lachen...

... lehnen sich die beiden gegen das Schicksal auf ...
... und erinnern mich an meine Eltern.
Ich wollte ihre Verbindung nicht zerstören.
Dabei habe ich das schon ...
... bei so vielen βs und Ωs gemacht.
Seltsamerweise fühle ich mich erleichtert ...
... als wäre eine schwere Last von mir abgefallen.
Vielleicht habe ich mir ja ...
... tief im Herzen gewünscht, dass es so kommt ...
Ich wollte sehen ...
... dass ein Ω auch einen α wie mich abweisen kann ...

Dass es auch Ωs und-βs gibt ...
... die das Schicksal besiegen und gemeinsam leben können.
Dein Herr ist doch ein Witz ...
... findest du nicht, Delphi?
»Ich konnte ihn nicht beißen ...«

Herr Hiiragi ...
Ich bin sehr stolz auf Sie.
Herr Tamaki Yukishiro
Sie haben die Daten wohl mit denen anderer Ωs abgegli- chen ...
... die eine Paar- bindung mit einem α ein- gegangen waren.
Er wur- de ... gar nicht ge- bissen?

Der Biss scheint ...
... den Nacken knapp verfehlt zu haben.
Herr Yukishiro scheint immer noch Pheromone zu verströmen ...
... und auch seine sonstigen Brunstsymptome entsprechen den Normwerten.
Die Paarbindung kam nicht zustande.
Fuji ...
Herr Hiiragi ...
Ich werde dich nicht beißen. Niemals.

Letzten Endes ...
... habe ich mein Ω-Dasein dir gegenüber ...
... am meisten als Ausrede verwendet.
Ich habe ständig betont, nicht gegen das Schicksal zu verlieren ...
... und ließ mich von ihm dennoch so an der Nase herumführen.

Du bist wirklich unfair, Tamaki ...
Immer nimmst du alles auf dich ...
... und versuchst es allein durchzustehen.
Aber vergiss bitte nicht ...
... dass ich dich genauso glücklich machen will ...
... wie du mich, Tamaki.
Fuji ...
Darum ...
... möchte ich dich bitten, über mich zu wachen ...

DRÜCK
Was würdest du tun, wenn du rausfinden würdest ...
... dass jemand, der dir nahesteht, etwas Unrechtes tut?
Fuji ...
Ich will dir auch eine Stütze sein ...
Ich habe das Gefühl ...
...trotz aller Widrigkeiten immer den richtigen Weg zu wählen ...
... solange du nur an meiner Seite bist.
... während auch ich meinen Weg gehe.

Fuji ... Ich habe es dir zu verdanken ...
... dass ich bisher noch alles geschafft habe ...
... was ich mir selbst nicht zugetraut hätte.
... bei deinem Schicksal als β.
Du bist so herzensgut ...
... und man kann dir vertrauen.
Für die A-Wohnhäuser, die du uns besorgt hast ...
... hast du den älteren Herren mit Gehstock jeden Morgen zum Spaziergang begleitet ...
... und dir seine Klagen über seine untreue Ehefrau angehört, nicht wahr?
Darum warst du damals auch ...
... so oft zu spät, oder?

Wenn du etwas wohlüberlegt entschieden hast ...
... dann vertraue ich deinem Urteil.
Selbst wenn du dadurch letzten Endes einen anderen Weg einschlagen solltest als ich.
Ich werde dir immer ...
... zur Seite stehen, komme, was wolle.

Delphi ...
... ich will meine Mutter treffen.
Kannst du meinen Terminplan so anpassen, dass ich sie sehe, bevor es zurück nach Amerika geht?
Selbstverständlich.

Kapitel 20

Universitätsklinik
Sie gehen ab heute wieder arbeiten?
Ja, aber ich mache vorher einen Abstecher nach Hause.
Herzlichen Glückwunsch zur Genesung!
Geben Sie bitte weiterhin auf sich acht.
Haben Sie vielen Dank.
Ich komme bald wieder zur Nachuntersuchung.

Kapitel 20

So wie ich Fuji kenne ...
... hätte ich erwartet, dass er mich abholen kommt.
Vielleicht hat er viel zu tun?
SCHWUPP
Er kam mich ja oft besuchen...
Aber am Tag meiner Entlassung hätte ich ihn gern gesehen ...
Blödsinn! Ich sehe ihn doch eh in der Firma!
GATSCHAK
Er hat doch gar keine Zeit, sich immer nur um mich zu kümmern.
Guten Mo...
Chef!
RAUN
!
LÄRM
Haben Sie die Nachrichten gesehen?
Die Kara-hara-Bank ist ...
RAUN
Der Chef ist doch gerade erst wieder zurück ...!

Sonderuntersuchung der Karahana-Bank
Karahana-Bank
…stweilige Stilllegung
…rlehen von der 4. Fili…
Großbank
Verdacht auf Beteiligung an illegalen Darlehen
Unternehmen mit Verbindung zur Saotome Group
Konspiration mehrerer Immobilienmakler
... hat das Amt für Finanzdienstleistungen eine Sonderuntersuchung durchgeführt.
Bezüglich der Problematik bei Immobilienanlagen ...
Illegale Darlehen?!
WPP
Die Saotome Group ...?
Fuji ...
Wo ist Fuji Saotome?
Äh, Chef ...
... haben Sie es denn noch nicht gehört?

Er hat gekündigt?!
Fuji!!!
BAMM
Seit wann bist du so elitär ...
... dass du meinst, Vater etwas zu sagen zu haben?!
Na?!
ZERR
Jetzt werd nicht frech, du Rotzbengel!
Ist dir klar, was du getan hast ...?!
Vater sagte, es gäbe keine Unstimmigkeiten.
Ich vertraue ihm ...
... und habe darum eine Untersuchung erbeten.

Ich möchte nur, dass die Wahrheit ans Licht kommt ...
... und die Opfer eine Entschädigung erhalten.
Lass gut sein, Kikyo.
Wir müssen eine Gesellschafterversammlung einberufen.
Vater ...
Fuji, geh zurück an die Arbeit.
Jawohl.
Hey! Warte, verdammt!
Ich war noch nicht fertig!
Fuji!
Mach dir nichts draus, Fuji.
PATAMM
Kikyo war schon immer an Vaters Seite ...
... und schätzt seine Arbeit mehr als alles andere.
Ihm ist es nur wichtig, die Firma zu beschützen, die Vater aufgebaut hat ...
Sumire ...

Keine Sorge, das ist mir klar.
Ah, und ...
... danke für deine Empfehlung.
Wenn Kikyo sich erst einmal aufregt, hört er so schnell nicht mehr auf.
Auf deinen Bekannten ...
... war wirklich Verlass.
Er hat mir alle Informationen besorgt.
Forschungsinstitut Wolf Tsuyufuka 03-0226-XXXX
Schließlich bin ich auch ein Saotome.
Hast du Vater überprüfen lassen?
Nein ...
Das ist nicht nötig.
Ich vertraue Vater.
Ich habe nur nach jemandem gesucht.

Wo ist er, und was macht er jetzt ...?
Er hat sich immer noch nicht gemeldet ...
Saotome hat gekündigt ...
Das kam ganz plötzlich, und keiner weiß, warum.
Nein ...
Wir dachten, wenigstens Sie wüssten etwas, Chef ...
Vielleicht hängt das mit diesem Vorfall zusammen ...
Mir hat er nichts gesagt ...
War es das, was ihm Kopfzerbrechen bereitet hat ...?
... wenn du rausfinden würdest, dass jemand, der dir nahesteht, etwas Unrechtes tut?

Ich werde dir immer zur Seite stehen, komme, was wolle.
Kann ich denn nichts für Fuji tun ...?
BWW
!
BWW
Ja?
Tamaki ...
GATSCHAK
Fuji!
Du ...!
Ich hab dich so vermisst, Tamaki!
UMARM
!
Glückwunsch zur Genesung ...
Tut mir leid, dass ich dich nicht abholen konnte.
Vor der Firma und meiner Wohnung waren überall Journalisten ...
Ah!

Ach ja ...
... ich hab gehört, dass du die Firma verlassen hast ...?
Ah, tut mir leid ...
... dass ich so plötzlich kündigen musste.
Der Vorstand und die Personalabteilung wussten Bescheid ...
... aber ich dachte, du würdest dir Sorgen machen, wenn ich was sage ...
Es war ja auch alles etwas turbulent zwischen uns ...
...
Ich habe beschlossen, in der Firma meines Vaters zu arbeiten.
Ich fange von vorne an ...
... und gebe alles, um die Firma zu beschützen, die mein Vater und Großvater aufgebaut haben.
Ich bin auch ein Saotome.
Verstehe ...

Ist alles in Ordnung mit der Karaha-na-Bank?
Es wurden einige Tochter-firmen der Sa-otome Group erwähnt ...
Es ist möglich ...
... dass die Bank in großem Stil illegale Darlehen vertrieben hat.
Aber wenn die Tochter-firmen da-von wuss-ten ...
... ohne etwas da-gegen zu unterneh-men ...
... dann werden auch wir dafür zur Rechenschaft gezogen.
Die in-terne Un-tersuchung dürfte je-doch ...
... die Wahrheit ans Licht bringen.
TOCK
Fuji ...
... geht es dir gut?

Ffffh …
Natürlich! Ich vertraue meinem Vater.
Außerdem …
BWWW
BWWW
… habe ich ja dich.
Oh, entschuldige.
Ich muss wieder los … Es gibt noch viel zu tun …
Was? Du gehst schon?
Hah!

Vermisst du mich etwa, Tamaki?
Sieh mich nicht an!
Nein, eigentlich nicht ...
!
SST
Spar dir so was ...
... ab jetzt lieber ...
TOCK
Hey!
Tamaki ...
Fuji ...!
Wenn du mich vermisst ...
... dann sag das auch ...
DRÜCK
Mmh ...
KISS
Hah!
Nh ...
KISS
KISS
KISS
Hey ...
KRIEK
ZUCK
KISS
ZUCK
KISS
Ah ...
ZUCK

Sollen wir aufhören, Tamaki? Du bist gerade erst genesen ...
SCHNAPP
SEUFZ
!
ZUCK
Ah!
Mmh ...
Du redest echt viel zu viel.
Da komm ich wieder zur Arbeit ...
... und die Saotome Group ist in den Nachrichten ...
Tamaki ...
... und du hast gekündigt.
Du hast keine Ahnung, welche Sorgen ich mir gemacht habe ...

Entschuldige, das wollte ich nicht ...
...!
FLAPP
Ich warte hier auf Sie, Herr Hiiragi.
Okay.
Universitätsklinik

Ihre Mutter liebt Sie.
Sie hat Sie und Ihren Vater tief in ihrem Herzen die ganze Zeit geliebt.
917
Frau Erika Tsutsuji
Frau Tsutsuji, Sie haben Besuch.
Guten Tag.
Yukishiro! Geht es dir wieder gut?
Ja, vielen Dank.
Ich bin heute zur Nachuntersuchung hier.

Ich wollte Sie gern wiederse-hen ...
... und bin daher vorbeige-kommen.
Das freut mich! Ich wollte dich auch gern sehen!
Ich stelle die Blumen in eine Va-se, ja?
Ich kümmere mich um sie.
Lassen Sie sich Zeit.
Haben Sie vielen Dank.
Yuki-shiro ...
Konntest du mit dei-ner wichti-gen Person sprechen?
Dank Ihnen konn-te ich einen Entschluss fassen.
Ja ...
Das freut mich ...

Es braucht auch Mut, sich auf andere zu verlassen.
Vor allem wenn man ...
... so wie du alles immer allein zu ertragen versucht.
Man will seinen Lieben keine Probleme bereiten ...
Tamaki Yukishiro
Morgen ist deine Untersuchung, oder?
... oder sie in das eigene Schicksal verwickeln.
Tamaki Yukishiro
Ich bin morgen auch in der Nähe der Klinik. Darf ich dich abholen kommen?
Wenn du nicht mit dem Helikopter kommst.
Aber gerade wenn sich jemand wie du auf andere verlässt ...
... dann könnte es sie auch glücklich machen, dir eine Hilfe und eine Stütze zu sein.
Das verstehe ich nur zu gut.
Was glaubst du, was sich ...
... dein wichtigster Mensch wünscht?

Ich glaube, er möchte, dass du dich mehr auf ihn verlässt.
Meinst du nicht auch?
Du hast gesagt ...
... Ouka sei jemand, der sein eigenes Glück schmiedet.
Aber ich glaube, das Gleiche gilt auch für dich, Yukishiro.
Ich habe dich sehr gern und werde immer zu dir halten.
Der Weg, den du für dich wählst ...
... wird dich nicht enttäuschen, egal wie deine Zukunft auch aussehen mag.
Ich bewundere deine Entschlossenheit.
Erika ...
Ich habe Sie auch sehr gern. Sie sind so nett.
Es hat immer Spaß gemacht, mit Ihnen zu reden ...
... ob nun über Weltbewegendes oder Triviales.

Aber ...
... Sie werfen sich selbst immer wieder vor ...
... vielen Menschen zur Last gefallen zu sein.
Ihre fröhliche und liebevolle Art ...
... hat mir stets neue Energie gegeben.
Sie denken bestimmt ...
... dass Sie auch mir eine Last sind.
Aber das stimmt nicht.
Ein Mensch kann nicht allein überleben.
Ich habe es versucht, doch Sie haben mir beigebracht ...
... wie wichtig es ist, einander zu helfen und zu unterstützen.
Sie glauben zwar, »nicht genug« zu sein ...
... aber Sie sind ein wundervoller Mensch.

Wären Sie nicht ins Krankenhaus eingewiesen worden ...
... dann wäre Ihr Sohn nicht nach Japan zurückgekehrt.
Dann wäre ich weder Ihnen noch Ihrem Sohn begegnet.
Ihr Geist mag derzeit erschöpft und Sie daher geschwächt sein ...
... aber unsere Schwäche kann manchmal auch ...
... die Freundlichkeit anderer hervorbringen.
Ich hätte nicht gemerkt ...
... dass Ihr Sohn eigentlich sehr nett ist ...
... und seine Mutter sehr liebt.
Ihre Existenz weckt die Freundlichkeit in den Menschen, denen Sie wichtig sind ...
... und verbindet diese miteinander.
Also werfen Sie sich nicht so viel vor ...
Wenn Sie sich dennoch nicht vergeben können ...
... dann helfen Sie einem lieben Menschen, wenn Sie wieder bei Kräften sind.

Weder Sie noch ich ...
... leben unser Leben ganz allein.
Wir helfen anderen und lassen uns helfen ...
... damit wir gemeinsam durchs Leben kommen.
Yukishiro ...
Zimmer 915
Und darum bin ich überzeugt ...
... dass Ihr Sohn Sie nicht als Last empfindet ...
917
rika Tsutsuji
... egal wie sehr Sie meinen, ihm zur Last zu fallen.
Würden Sie ihn bitte empfangen?

Ouka ...?
Bist du das ...
... Ou-ka ...?
Hicks
Herr Hiiragi ...
Uuh ...
Nh ...
Es tut mir so leid ...!
Uh ...
Weine nicht, Mutter ...
Uuh ...
Verzeih mir, Ou-ka ...!
Uuh ...

Verzeih mir, Ouka ...
Uuh ...
Verzeih mir!
Mutter ...
Bitte ...
Verzeih mir, Ouka ...
Wegen ... mir ...
... musstest du ... so viel durchmachen ...
Uuh ...
Uh ...
HICKS
Nein ...
Ich wollte nur, dass du glücklich wirst ...
Aber du hast gelitten ...
... auch nachdem du eine Paarbindung eingegangen warst ...

Ich habe mich immer gefragt ...
HICKS
... wieso ich damals deine Hand losgelassen habe ...
SCHLUCHZ
Ich habe es immer bereut.
Ich konnte nicht bei dir sein ...
... während du so gelitten hast ...
Ich konnte dir nicht helfen.
Verzeih mir, dass ich dich alleingelassen habe ...
Ouka... deine Worte ...
... sind viel zu lieb ...
Verzeih mir ... und danke ...

Oh, Herr Yukishiro!
Sie sind schon fertig?
Noch nicht ... Bitte geben Sie ihnen noch etwas Zeit ...
Die pinken Mondorchideen sind prächtig und wundervoll.
Pinke Mondorchideen ...
Sie spiegeln ...
... die Gefühle des Schenkenden eindeutig wider.
»Ich liebe dich.«

Besucht Vizepräsident Hiiragi seine Mutter?
Ich bin hier, um Tamaki abzuholen.
Bitte verzeihen Sie ...
... dass ich Ihnen letztes Mal so viel abgefordert habe ...
Herr Saotome ...
Wussten Sie ...
... dass es so kommen würde?

Die beiden übernachteten in einem Hotel ...
... der Saotome Group, also der Firma meines Vaters.
Ich wusste nur, dass Herrn Yukishiros Brunst anstand.
Ich war an jenem Tag wegen einer Totenmesse und Tamaki wegen einer Präsentation in Sennichiko.
War das alles geplant ...?
Nein, keineswegs ...
Ich habe recherchiert, wo Sie während Ihres Urlaubs übernachten würden ...
... und buchte nur am selben Tag ein Zimmer in derselben Unterkunft.
Es war Zufall, dass Sie beide in Sennichiko waren.
Aber warum machen Sie so was, wenn ich Ihnen eigentlich im Weg war ...?
Aber ich bin mir bewusst, dass ich zu weit gegangen bin.
Tja ...
Warum eigentlich?
Das weiß ich selbst nicht so genau.

Seit dem Tag, an dem ich als Butler bei den Hiiragis anfing ...
... meinte ich meine eigene Meinung und meine Gefühle verwerfen zu müssen ...
Master Ouka ...
... denn fortan zählten für mich nur die Existenz und der Wille Herrn Hiiragis.
Mein Name ist Delphi.
Ich hätte alles getan ...
... was er von mir verlangte.
Selbst wenn dies unmenschlich gewesen wäre.
Aber ...

Ich konnte einfach nicht mehr länger stillschweigend mit ansehen ...
... wie Herr Hiiragi verletzt wurde und litt.
Papa ...
Papa ...!
Sie sind wieder am Kleiderschrank Ihres Herrn Vaters?
Was ist denn los, Master Ouka?
Das riecht nach Papa!
Papa ist nicht da ...
Meinst du, er hasst mich?
Der Herr gibt sich Ihnen zuliebe sicher alle Mühe.
Ich werde Ihnen Gesellschaft leisten.
Nö!
Deine Haare sind komisch!
Ich will zu Papa!
Was mach ich nur ...
... wenn Papa genau wie Mama weggeht?
Verzeih mir, Delphi ...

Bitte, mach ihn ...
... mach meinen Sohn, Ouka ...
... glücklich ...!
Master Ouka ...
Wie wäre es mit einer Umarmung?
SCHNIEF
Ich vermisse Papa ...
SCHNIEF
Master Ouka ...

Haben Sie vielen Dank.
Aber ...
Delphi ... Danke.
... es könnte sein, dass Herr Hii-ragi ...
... ahnte, was ich vorhatte.
Vielleicht wünschte ich mir ...
... dass Sie die beiden im Fall der Fälle ...
... auf-halten würden.
Er hat ein sehr gutes Gespür.
Dann halt ihn hier gut fest!
Ähm ...

Ich würde Sie gern noch etwas fragen.
Als ich Yukishiro das erste Mal traf ...
... roch er nach dir.
Du ...
... liebst ihn, oder?
Ist er dein Partner?
Nein ...
Ich dachte, das würde er werden, aber ich habe mich geirrt.
In seinem Leben gibt es bereits einen anderen.
Verstehe ...
Es kam mir vor, als würde ich ...
... durch ihn auch mit dir sprechen.

Die beiden verbindet ein stärkeres Band als die Paarbindung ...
... und mir ist es nicht möglich, dieses zu durchtrennen.
Ich hoffe, dass sie sich gegen das Schicksal durchsetzen ...
... und zusammen glücklich werden.
Ja ...
NEWS
Viele Vorstandsmitglieder und Filialleiter ...
Eine Untersuchung hat ergeben, dass im großen Stil ...
... Gutachten gefälscht wurden.
... sind in den Skandal um die illegalen Darlehen der Karahana-Bank verwickelt.
Das Amt für Finanzleistungen nimmt sich dessen an ...

Sind Sie von der Saotome Group?
Ein Kommentar zu den illegalen Darlehen ...
Startseite
Wirtschaft
Unterhaltung
Sport
National
Karahana-Bank gibt sich trotzig
Kritik an Investoren: Sie bezeichnen sich als Opfer
Drücken sich die Immobilienmakler vor der Verantwortung?
Die Saotome Group
Investoren sind selbst schuld
Fuji ...
Ich hoffe, dir geht es gut ...
90%
Fuji Saotome
Ich darf mich voraussichtlic
bald um das Team fürden Ku
denservice kümmern.
Dank des Fotos, das Sie mir geschickt haben ...
... konnte ich meine Recherchen abschließen.
Forschungsinstitut Wolf
Rei Tsuyufuka

Ich war Ihnen gern zu Diensten.
Aber ...
Ich konnte die Zielperson identifizieren.
Haben Sie vielen Dank.
Er scheint noch nicht in der Lage ...
... einem persönlichen Treffen zuzustimmen ...
Sie warten wieder am Haupteingang ...

Scheidet Minister Saotome wirklich aus?
Ist der Skandal um die Karahana-Bank der Grund dafür?
Er soll seinen Rücktritt eingereicht haben.
Als Konsequenz der Involvierung einiger Tochterunternehmen ...
nminister Saotome tritt zu
nnell wie möglich den Schlussstr
... der Saotome Group in den Skandal um die Karahana-Bank ...
... trat der Außenminister Saotome zurück.
Aufgrund des bekannt gewordenen Skandals wollte der Außenminister zurücktreten ...
... trotz der dringenden Bitte des Premierministers, es sich anders zu überlegen.
Vater!
Niemand kann die dadurch entstehenden politischen Auswirkungen abschätzen.
Anscheinend will er auch als Vorstand der Saotome Group zurücktreten.
PAMM
Vater ...!

Mach nicht so einen Krach, Fuji.
Du trittst zurück ...?!
Das ...
... wollte ich nicht ...!
Ich wollte Vater ...
... doch nicht um seine Arbeit bringen ...
Vater ... es tut mir so leid ...!
Fuji ...
... komm mal mit.

Ayame hat mir erzählt …
… was du bei deiner Rückkehr gesagt hast.
Mutter … bin ich als β wertlos …?
Es scheint, als hätte ich dir wegen des Namens »Saotome« …
… auch genug Unannehmlichkeiten bereitet.
Die Saotomes heirateten als αs immer nur αs, um α-Kinder zu bekommen.
Seit ich Ayame als β zur Frau nahm …
… war ich auf ein β-Kind vorbereitet.
Mein Vater … dein Großvater, war dagegen …
… und ich habe mich ihm widersetzt.

Aber ich bereue meine Entscheidung nicht.
Denn dadurch wurden uns mit Kikyo, Sumire und dir ...
... drei wundervolle Kinder geboren.
Fuji? Warum schon wieder ...
Wieso vergleicht er sich mit seinen Brüdern ...
... und ist einzig und allein auf seine Noten fixiert?
Er hat doch genug eigene ...
... tolle Eigenschaften.
Auch wenn ich nicht in den Skandal verwickelt war ...
... wurde der Name »Saotome« dadurch beschmutzt.
Aus großer Macht folgt eben auch große Verantwortung.

Ich rechne dir sogar hoch an ...
... dass du die Unstimmigkeit bemerkt und gemeldet hast.
Das ist nicht deine Schuld.
Ich habe nur als Vorstand der Firma ...
... die Verantwortung übernommen.
Es ist schwer, verlorenes Vertrauen wiederzugewinnen.
Allerdings wollte ich auch, dass meine Söhne etwas Eigenes aufbauen ...
... anstatt ihnen etwas zu überlassen, was ich gegründet hatte.
Das ist eine gute Gelegenheit, euch die Firma zu überlassen.

Menschen können bei ihrer Geburt ...
... weder Geschlecht, noch Status, Zeit, Land oder ein Talent wählen.
Solange sie ein Ideal anstreben ...
... werden sie ihre Lebensumstände hassen und andere beneiden.
Du wurdest als β geboren, also lebe auch als ein solcher.
Das birgt genauso gute wie auch schlechte Seiten ...
... die dich jedoch gleichermaßen stärker machen.
Wenn du das akzeptierst, wird sich dir ein neuer Horizont eröffnen.
Mir ist es egal, ob meine Söhne αs oder βs sind.
Du bist ein Saotome.
übernimm die Verantwortung für deine Entscheidungen ...
... und lebe so, dass du nichts bereuen musst.

Jawohl ...
Vorstandsvorsitzender?
Sie wollen überall aufräumen ...
... und frischen Wind reinbringen.
Das wurde heute bei der Gesellschafterversammlung entschieden ...
Ich soll beim Wiederaufbau helfen ...
Du sollst eine eigene Tochterfirma leiten?!
Ich hab schon gehört, dass ein Jahr bei den Saotomes ...
... sieben Jahren bei anderen Firmen entsprechen soll ...
Aber Wahnsinn, wie schnell die entscheiden!
Aber das macht mir auch Angst.

Mein Vater ist als Vorstand zurückgetreten ...
... und mein Bruder ist stinksauer auf mich.
Aber durch seinen Rücktritt hat er euch in ein anderes Licht gerückt, oder?
Herr Minister! Einen Kommentar!
NEWS
Außenminister Saotome!
Ich hab's dir doch gesagt!
Chef! Beruhigen Sie sich!
Er ist ein verantwortungsvoller Perfektionist!
Du kennst ihn doch selber, verdammt!
FAUCH
Ich bin zurückgetreten ...
... und demnach nun weder Minister noch Firmenleiter.
NEWS
Kikyo, mein Ältester, wird an meine Stelle treten ...
... und das Unternehmen weise leiten.
Ich bin mir sicher, dass euer Vater wusste, was auf euch zukommt.
Sieh mal!
NEWS
Das Vertrauen in unsere Firma ...
... welches durch mich verloren ging ...
Saotome tritt zurü

... werden meine Söhne wieder aufbauen.
Vater ...
Fuji ...
... das Gute an dir sind ...
... deine Herzensgüte und deine Aufrichtigkeit.
Ich finde, dass das sowohl im Beruf ...
... als auch persönlich die wichtigsten Eigenschaften eines Menschen sind.

Mit Herzensgüte und Aufrichtigkeit ...
... sollst du schützen, was dir lieb und teuer ist.
Tamaki ...
Ich ... strenge mich auch an!
Oh, aber nun sollte man dein Gesicht besser sehen können, Herr Firmenleiter ...
Hey! Lass das ...!
Jetzt? Am Flughafen.
Genau, es geht zurück nach Amerika ...
Meine Mutter ist auch hier.
Ich reiche ihr das Telefon.
Mutter ...?
Nein ... verzeih mir, dass ich so eine schlechte Tochter war ...
Ich danke dir.

Herr Hiiragi.
Yukishiro ...
Du bist gekommen.
Selbstverständlich!
Danke für alles, Yukishiro.
Herr Hiiragi, Ihre Mutter und ich empfehlen uns kurz ...
Okay ...
...
Erika wird Sie also begleiten.

In Amerika haben Ω mehr Rechte.
Dort dürfte es einfacher für sie sein.
Und die Medizin ist auch weiter fortgeschritten.
Vielleicht finden wir auch irgendwas, um die psychische Last zu lindern ...
... nachdem ihre Paarbindung aufgelöst wurde.
Ach ja ...
Hier ...
Ich hatte immer noch ...
... deinen Füller.
Tut mir leid ...
... die Feder ist verbogen.
Ich wollte dir einen neuen kaufen ...
... wusste aber nicht, ob du an diesem hier hängst.
Ich besorge eine neue Feder ...
Nein ...

Den hier ...
... habe ich Ihnen geschenkt.
Ich muss mich ...
... auch bei Ihnen entschuldigen, Herr Hiiragi.
Es tut mir aufrichtig leid, dass ich gesagt habe ...
... ich könne Ihren Gefühlen nicht vertrauen, weil sie vom Schicksal gelenkt würden.
Sie haben mich nicht gebissen.
Ihre Vernunft hat mich beschützt.

Haben Sie ... vielen Dank.
Ich bin froh, dass Sie mein Seelenpartner sind.
Yukishiro ...
...
Magst du nicht mit mir nach Amerika kommen?
Äh ...?
Das war nur ein Scherz ...
Ich wollte es nur mal ausgesprochen haben.

Du beugst dich nicht deinem Schicksal, sondern lebst frei nach deinen eigenen Gefühlen.
Auch ich bin stolz darauf ...
... jemanden wie dich zum Schicksalspartner zu haben.
Das passt zu dir.
Ich werde deine Art zu leben respektieren.
Darum werden wir uns nie wiedersehen.
Und das wortwörtlich ... bis zum Tod.
Wobei wir uns bei Besprechungen sehen ...
Aber das ist ja über den Monitor, also alles kein Problem ... denke ich.

Meine Mutter ist ja bei mir ...
... daher werde ich nicht so schnell nach Japan zurückkehren.
Mach's gut.
Lass uns auch weiterhin gut an Aster zusammenarbeiten.
Ja.
Ich wünsche Ihnen alles Gute, Herr Hiiragi.
Herr Hiiragi ...
Delphi, wir müssen langsam ...

Vater ...?
Ouka ...
Ich bin ...
... nun ...
... auch da ...
Wieso ...?

Tut mir leid, dass wir so spät sind!
Hah!
Fuji!
Was ...?!
Es dauerte einige Zeit ...
... Herrn Hiiragis Vater hierherzubringen ...
Er fühlte sich unwürdig, seinem Sohn zu begegnen ...
Vater ... Wieso ...?
Ouka ...
... es tut mir leid ...
Ich habe es nicht geschafft, mich bei dir zu melden ...
Je älter du wurdest, desto mehr hast du deiner Mutter geähnelt.
Ich hielt es einfach nicht aus, bei dir zu sein ...
Du hast mich zu sehr an Erika erinnert ...

Es tut mir leid ...
Schon ... gut ...
Solange du nur am Leben bist ...
Ouka ...
... ist das alles, was zählt.
Ich bin so froh, Vater ...
Anscheinend hat er Herrn Hiiragi mit dem Haus und etwas Geld zurückgelassen ...
... und sich seitdem nicht mehr bei ihm gemeldet.

Herr Hiiragi ...
... hier ist auch ein Ticket für Ihren Vater.
Um ehrlich zu sein ...
... kann ich Sie nicht ausstehen.
Aber Sie haben Tamaki nicht gebissen.
Sie haben sich sogar selbst verletzt, um mich zu provozieren ...
... und Tamaki zu beschützen.
Noch ist es nicht zu spät.
Sie haben genug Zeit, Ihre Familie wieder zusammenzubringen.

Entschuldigen Sie meine Worte ...
... die ich in meiner Wut geäußert habe.
Wobei wir uns da auch nichts geschenkt haben ...
Fuji!
Pff ...
Ich kann dich auch nicht ausstehen.
Aber ich bin froh ...
... dass du Yukishiros Auserwählter bist.
Ich danke dir.
GIFT TICKET

Wollen wir dann ...?
Herr Hiiragi!
Ich habe mich in den Menschen verliebt ...
... der Ihnen vom Schicksal vorherbestimmt war.
Diese Sünde werde ich ein Leben lang mit mir tragen!
Beweist mir, dass auch ein β und ein Ω das ewige Glück finden können.
Das möchte ich auch hoffen.

Sein Vater ...
... hat Herrn Hiiragi als Kind zwar zurückgelassen ...
... doch konnte er Frau und Sohn einfach nicht vergessen .
Er lebte allein auf dem Land und sehnte sich nach seiner Familie.

Sieh an ...
Das ist doch viel beeindruckender.
... als irgendein Schicksal.
Tamaki ...
... ich bin froh, als β in der Saotome-Familie geboren worden zu sein.
Wäre ich kein Teil einer α-Familie ...
... hätte ich deine Pheromone nicht spüren ...
... und du hättest mir nicht vertrauen können.
Ich bin mir sicher ...
... dass wir uns nur begegnet sind und uns verliebt haben ...
... weil du ein Ω bist, und ich ein β.

Davon bin ich überzeugt.
Schwafelst du immer noch davon?
Es gibt 7,7 Milliarden Menschen.
Das viel größere Wunder ist doch ...
... darunter nicht einen festgelegten Schicksalspartner zu treffen ...
... sondern die Tatsache, dass ich mich in einen Menschen verliebt habe ...
... der sich auch in mich verliebt hat.
Schicksal, Ω und β sind mir egal.
Du bist du, und dafür li...
...
Was wolltest du sagen, Tamaki?
»Li«?
Es ist ein Wunder, wenn die eigene Liebe erwidert wird.
Fuji ...
Ich möchte dieses besondere Gefühl wertschätzen.
Ich liebe dich.

Mehr als irgendwen sonst auf der gan-zen Welt.
Drowning Into the Night
Ende

Epilog

Hm? Eine Geschäftsreise?
Ja, ab morgen für drei Monate ...
KLACKER
KLACKER
KLACK
Hah ...
Das ist hart ...
Da haben wir endlich am selben Tag frei ...
... um uns dann gleich wieder drei Monate nicht zu sehen.
Da kann man nichts machen.
Das ist jetzt eine wichtige Phase für dich.
RUTSCH
Ich muss heute ...
... meinen Tamaki-Akku wieder ordentlich aufladen.
Schlaf heute nicht ein, ja?
Ich will nicht wieder sitzen gelassen werden.
»Mach Platz!« und nichts geschieht ...
DEPRI
ZZZ
Was heißt hier »wieder« ...?
Letztes Mal bist du eingeschlafen, direkt nachdem ich dich ausgezogen hab!

Du hast bis zum Morgen durchgeschlafen ...
Auch wenn es mich glücklich macht, mit dir im Arm zu schlafen ...
Äh?
Kein Wunder ...
... dass ich mich nicht dran erinnere ...
Tamaki? Was ist denn?
Ach ...
Na ja ...
Dann ist ja letztes Mal gar nichts passiert ...
Dabei hatte ich das Gefühl, wir wären endlich eins geworden ...
... und habe mich so darüber gefreut ...
Dann lass mich das aufholen und für die nächsten drei Monate vorsorgen.
KISS
Ich geh dir bis zum Morgen nicht von der Pelle!
Keine Sorge ...
KISS
KISS
PACK
... bis zu deiner Heat bin ich wieder zurück ...

Mhm …
KRIEK
Na ja, du bist auch müde …
Er hat die Brille noch auf.
… also muss ich auch drei Monate warten, hm …?
…
ZZZ
ZZZ
Vielen Dank, dass ihr den Manga bis zum Schluss gelesen habt! Alle vier Bände haben auch Zusatzinfoseiten, also lest da gern auch mal rein! ♥
Vielen Dank!
Hab erst mal eine gute Nacht.
Vielen Dank an:
Kobanai / potalica / Ichikawa /
F-moto / Natsuki / Nuzuki / konno /
Uta Mitsuho / Odaka Mugi / Watanabe
niwaco / Misato / Yamane
Redakteurin Sou / Fleur Comics / Entokyu Shirakawa

*Anm. d. Red.: Anzeigenseite der Originalausgabe. In Japan erschien der Abschlussband von *Drowning Into the Night* als Limited Edition mit einem Variant Cover und einer Hörspiel-CD.

Drowning Into the Night Limited Edition mit Hörspiel-CD

Inhalte der Hörspiel-CD

Mit drei komplet
neuen Storys!

Track 1

Hiiragi x
Yukishiro

Track 2

Fuji x
Yukishiro

Track 3

Hiiragi x
Yukishiro
Fuji x Yukishir
Flotter Dreie

Jede Story sprüht vor Erotik und ist mindestens 60 Minuten lang!

Die Welt von *Drowning Into the Night*
Q&A I

Beim Zeichnen von *Drowning Into the Night* habe ich viele Fragen von euch erhalten und möchte hier nun einige davon beantworten. Ich hoffe, der eine oder andere wird hier seine Antwort finden! Aber Vorsicht: Spoiler!

Q1. Wie sind Sie darauf gekommen, einen Manga über das Omegaverse zu zeichnen?

Zum Thema Omegaverse bin ich über den Dojinshi* einer Freundin gekommen. Ich wollte ihr Werk unbedingt lesen und dabei hat sie mich mit zahlreichen Erklärungen in die Welt des Omegaverse eingeführt. Danach wollte ich wissen, wo das ganze Konzept herkommt, also habe ich die japanischen Übersetzungen englischer Foren zum Thema gelesen. Dabei stellte ich mir selbst einige Fragen: Ist es einem α und einem Ω egal, wer ihr Partner ist, solange dieser vom Schicksal vorherbestimmt wurde? Kann man das dann wirklich noch Liebe nennen? …
Und dann wünschte ich mir, ein Ω, der einen β liebt, würde sich auch dann, wenn sein vom Schicksal vorherbestimmter α in sein Leben tritt, immer noch für den β entscheiden. Aus diesem Gefühl heraus entstand *Drowning Into the Night*. Einerseits tut es mir leid, einfach so ein bestehendes Konzept für meinen Manga übernommen zu haben, aber ich hoffe, damit ein Werk kreiert zu haben, an dem die Leser in Japan und auch in der restlichen Welt ihren Spaß haben!

Q2. Was hat Sie dazu bewegt, *Drowning Into the Night* zu zeichnen?

Erste Entwürfe

Fuji, der β, oder Ouka, der α? Vernunft oder Instinkt? Ich habe angenommen, man würde bereits ab dem ersten Kapitel erahnen, wofür sich Yukishiro entscheiden würde. Darum wollte ich meinen Lesern vor allem durch die sich verändernden Gefühle, die Entscheidungen und das Wachstum der drei Charaktere Freude bereiten. Aber dann erreichten mich überraschenderweise doch so viele Anfragen darüber, mit wem Yukishiro letzten Endes zusammenkommen würde. Der wahre Reiz einer Omegaverse-Geschichte zeigt sich ja durch Faktoren wie das Schicksal, die Paarbindung und auch die Brunst. Ich habe vermutet, dass die meisten Leser davon ausgehen würden, es sei unwahrscheinlich, dass ein Ω in einer Welt, in der αs und Ωs die selbstverständliche Option bilden, einen β wählen würde.
Wenn ich so daran zurückdenke, dann hatte ich die Idee zu diesem Manga bereits seit der Zeit, in der ich an meinem Debütwerk arbeitete. Damals habe ich die Idee zahlreichen Redakteuren vorgelegt, auch in anderen Verlagen, doch sie wurde wegen ihrer Einwürfe letzten Endes verworfen: Keiner verstand, wieso ich keine Geschichte über eine Beziehung zwischen α und Ω zeichnen wollte. Außerdem konnte sich niemand vorstellen, wieso und weshalb ein β jemals gegen einen α gewinnen sollte. Aber ich war der Meinung, dass die Menschen auch in einem Omegaverse über Vernunft und Emotionen verfügen. Darum wollte ich auch, dass sie sich nicht von ihren Instinkten leiten lassen, sondern sich aus Vernunft für die Liebe entscheiden … Ich glaube, dass beispielsweise Seitensprünge auch nur entstehen, weil Menschen sich mehr von ihren Instinkten leiten lassen als auf ihren Verstand zu hören, der ihnen sagt, dass etwas falsch ist. Natürlich gibt es auch Situationen, in denen es besser sein kann, auf seinen Instinkt zu vertrauen und in denen dies kein Nachteil ist … Jedenfalls habe ich mir viele Gedanken dazu gemacht und versucht, diese als Manga möglichst detailliert umzusetzen. Dabei bin ich all meinen Lesern dankbar, die diesen Weg mit mir gegangen sind, aber auch all den Redakteuren, die mit mir diese Ideen durchgegangen sind.

Q3. Ist es überhaupt möglich, als Ω in eine Führungsposition zu kommen?

Hätte ich auf den ausländischen Seiten nicht gelesen, dass αs, βs und Ωs im Grunde über dieselben latenten Fähigkeiten verfügen, dann wäre ich auch nie auf die Idee gekommen, dass ein Ω auch eine Führungsposition besetzen könnte. Wenn αs, βs und Ωs über dieselben latenten Fähigkeiten verfügen, dann müssen sie sich in meinen Augen vor allem durch ihren Körperbau unterscheiden. Das stelle ich mir so ähnlich vor wie bei den Unterschieden zwischen Frauen und Männern. Frauen tendieren dazu, weniger Muskelmasse aufzubauen und kleiner zu sein, aber es gibt auch Frauen, die größer und stärker sind als Männer, genauso wie es Männer gibt, die nur schwer an Muskelmasse zulegen und etwas kleiner sind.
In der Welt des Omageverse gibt es zwar das festgelegte Konzept, Ωs seien das verfluchte menschliche Geschlecht, das einzig der Fortpflanzung dient. Yukishiro entwickelte sich in seiner Kindheit aber zu einem erfolgreichen Musterschüler, indem er sich Mühe gab, und war dadurch keinen Vorurteilen ausgesetzt. Diese Erfahrung dient ihm im Leben als Ankerpunkt, sodass er sich von der vorherrschenden Meinung nicht zu sehr einschränken lässt und zu einem freieren Denken und dadurch selbstbestimmteren Leben fähig ist. Er blickt auf seine Erfolge zurück und kann so optimistisch voranschreiten. In seinem Denken unterscheidet er sich also nicht sonderlich von einem α. Die richtige Einstellung hilft einem Menschen auch, Probleme anders anzugehen, als wenn er mit dem Rücken zur Wand steht. Yukishiro unterscheidet sich in seinen Fähigkeiten von anderen Ω und so entwickelt sich bei ihm ganz natürlich der Gedankengang, dass es idiotisch wäre, sich einfach seinem Schicksal zu fügen. Allerdings gelten all seine Überlegungen stets unter der Bedingung, dass er anderen keinen Schaden zufügt. Wenn nun aber Fuji betroffen ist, dann sieht Yukishiro dies nicht mehr nur noch als sein Problem an und kann den allgemeinen Konsens auch nicht mehr ignorieren. So entstand schließlich diese Geschichte …

Q4. Kann man etwas über Yukishiros Eltern erfahren, da sie im Manga nur am Rande erwähnt werden?

Yukishiro lebt allein in einer Wohnung nahe der Firma und pflegt gelegentlich den Kontakt zu seiner Mutter. Diese lebt bei der Familie seines Vaters und ist sehr stolz auf ihren Sohn. Sein Vater ist bereits bei einem Unfall ums Leben gekommen, aber er war ein α in Führungsposition und Yukishiro ist ihm wie aus dem Gesicht geschnitten. Im Manga fand es zwar keinen Platz, aber es gab auch eine Episode, in der Yukishiros Vater zu Lebzeiten mal mit Fujis Vater zusammen gearbeitet hat …

Q5. Ursprünglich sollte Yukishiro auch Rache üben … Die Geschichte wäre sicher spannend gewesen!

Das gehörte zu einem der Settings, die ich nach Rücksprache mit der Redaktion gestrichen habe, weil der Manga sonst zu umfangreich geworden wäre. Das sollte mit dem Tod seines Vaters zusammenhängen, der letztlich bemerkt hatte, dass sein Sohn ein Ω ist, aber so tat, als würde er nichts davon wissen. Bevor er starb, hinterließ er seinem Sohn etwas … So in etwa sollte das dann aufgebaut werden, aber wenn es um »Rache« geht, dann wird so eine Geschichte direkt noch etwas ernster und braucht auch mehr Platz. (Auch wenn ich persönlich solche Geschichten liebe …!) Ich möchte diese Geschichte auch noch zeichnen, also überlege ich noch, ob ich sie in irgendeiner Form in *Drowning Into the Night* einfüge oder vielleicht in einen eigenständigen Manga einbaue.

Q6. Warum hat Hiiragi als einziger Protagonist spitze Ohren?

Das Konzept des Omegaverse nimmt sich eine Theorie zur Sozialstruktur von Wölfen zum Vorbild … Und da Hiiragi einer der zentralen αs in diesem Manga ist, wollte ich sein Design auch möglichst wölfisch gestalten. Darum hat er spitze Ohren und Zähne und auch einen durchdringenden, scharfen Blick … Da Hiiragis Mutter Erika auch leicht spitze Ohren hat, haben einige Leser recht früh gemutmaßt, dass sie seine Mutter sein könnte. Einige der Namen in diesem Werk orientieren sich an Wölfen, Blumen oder Dingen, die mit der Nacht zu tun haben.

Q7. Und nun zu den Profilen der Charaktere (Geburtstag, Gewicht, Größe usw.): Viele Namen sind auch an Blumen angelehnt. Ist das Absicht?

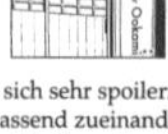

Ich bin sehr schlecht darin, mir Namen auszudenken, also habe ich mich von Blumen inspirieren lassen. Und das nicht nur bei den Hauptcharakteren! Viele der Nebencharaktere habe ich passend zu dem, wie sie sind und was mit ihnen noch geschehen soll, nach Blumen benannt und ich habe auch die zu ihren Geburtstagen passenden Blumen und deren Bedeutungen nachgeschlagen. Zwischendurch geriet ich dadurch auch etwas in Panik, weil mir auffiel, dass man sich sehr spoilern könnte, wenn man die Bedeutungen der Blumen nachschlagen würde. Außerdem wollte ich die Namen der drei Hauptcharaktere irgendwie passend zueinander wählen, sei es wegen der Größe, sei es wegen einer besonderen Bedeutung, wie dies bei Kiefer, Bambus und Pflaume*** der Fall ist. Ich habe mich dann aber für die Zeichen Schnee, Mond und Kirschblüte entschieden, die jeweils in den Namen der drei Protagonisten zu finden sind. Darum schreibt man Fujis Nachnamen »Saotome« mit einer eher ungewöhnlichen Kombination, da mir sonst der »Mond« gefehlt hätte. Ich erläutere die einzelnen Bedeutungen noch später im Verlauf des Q&As. Aber vielen Dank für die Frage! Es freut mich, dass es euch aufgefallen ist.

Q8. Werden Sie noch Fujis und Yukishiros Schulzeit zeichnen? Oder eine Fortsetzung für Hiiragi und Delphi?

Grundsätzlich habe ich nicht nur zu den drei Protagonisten, sondern auch zu Delphi, den Saotomes und jedem Nebencharakter, dem ich einen Namen gegeben habe, eine ganze Hintergrundgeschichte niedergeschrieben. Ich hoffe daher sehr, dass ich sie irgendwann auch mal als Manga umsetzen kann. Heimlich habe ich die »Saotome Group« bereits in andere Werke integriert oder auch Charaktere aus *Drowning Into the Night* als Nebencharaktere in meinen anderen Manga auftauchen lassen oder ihre Namen für Läden und ähnliches verwendet. Sucht bei Gelegenheit gern mal nach solchen Hinweisen! ♥

*Fanzine **jap. für »Wolf« ***die drei Pflanzen verheißen in Japan Glück

Die Welt von *Drowning Into the Night* Q&A II

Q9. Die Dreiecksbeziehung ist wirklich hart. Eigentlich will man keinen der Charaktere hassen, aber wenn man nur eins der zwei Pairings unterstützt, entscheidet man sich gegen Hiiragi oder Fuji.

Drowning Into the Night erzählt die Geschichte von einem β und einem Ω, die einander lieben und gemeinsam gegen das Schicksal ankämpfen. Allerdings wies man mich darauf hin, dass ein β doch gar keine Chance gegen einen α hätte. Ich wollte die Geschichte so gestalten, dass man den α Hiiragi von Anfang an so richtig unsympathisch findet und den benachteiligten β Fuji anfeuert. Darum habe ich Hiiragi auch zu so einem gemeinen Charakter gemacht (im ersten Entwurf war er sogar noch etwas spießiger und männlicher; es tat mir richtig leid, ihn zu dem Charakter zu machen, den alle hassen sollten …). Auch er hat ein Trauma erlitten und seine Gründe dafür, dass er ist, wie er ist. Aber das berechtigt ihn noch lange nicht dazu, das Glück anderer, völlig unabhängiger Dritter, zu zerstören. Er sollte dafür seine gerechte Strafe erhalten, um als Mensch zu reifen und schließlich doch noch sein Glück zu finden. Aber Fuji ist auch nicht ganz ohne. Er ist der jüngste der drei Charaktere, ist zu Hause auch das süße, aber verwöhnte Nesthäkchen, das sich nicht traut, so richtig mit seiner Familie zu interagieren. Er ist ein β, dessen Fähigkeiten nicht so richtig anerkannt werden, der das aber auch erst mal so hinnimmt und an dessen Äußerungen man merkt, dass er nur sich und Yukishiro im Kopf hat. Dadurch, dass sich Yukishiro von ihm abwendet, lernt er sich selbst neu zu betrachten und wird dadurch auch etwas erwachsener.
Ich finde es sehr nachvollziehbar, wenn man die störenden, gemeinen und kindischen Charaktere in einer Dreiecksbeziehung unsympathisch findet.
Allerdings bin ich überzeugt, dass Yukishiro und Fuji sich bezüglich ihrer Gefühle füreinander ohne Hiiragi keinen Ruck gegeben hätten. Genauso musste Hiiragi genau diesen beiden Charakteren begegnen, um sein Trauma bewältigen zu können.
Fuji, Hiiragi und Yukishiro haben, wie jeder andere Mensch auch, sowohl ihre guten als auch ihre schlechten Seiten. Manchmal sind diese auch der Grund dafür, dass man scheitert und leidet. Dadurch kann man aber auch jemandem begegnen, der einem da heraushilft. Man lernt neue Menschen kennen und besser mit ihnen umzugehen, sammelt Erfahrungen und wächst daran. Es war mir eine große Ehre, eine Geschichte zu zeichnen, bei der ich diese für uns Menschen wichtige Entwicklung darstellen konnte, und es freut mich sehr, wenn ihr beim Lesen mitgefühlt habt, weil euch etwas gefallen oder eben missfallen hat. Viele meiner Leser haben mir geschrieben, dass sie Hiiragi anfangs überhaupt nicht mochten, sich das aber geändert hat, nachdem sie von seiner Vergangenheit erfahren haben und seine Gefühle für Yukishiro aufrichtig wurden. Das hat mich besonders gefreut!

Q10. Haben Delphi und Hiiragi romantische Gefühle füreinander?

Delphi verehrt Hiiragi als seinen Herren und ist ihm gegenüber äußerst loyal. Hiiragis Glück steht für ihn an allererster Stelle. Er bedeutet ihm alles. Und wenn er von Hiiragi einen Befehl bekommt, dann führt er ihn auch aus, selbst wenn man ihm etwas Übles aufgetragen haben sollte. In seiner Position fände er es anmaßend, romantische Gefühle für Hiiragi zu hegen, sodass er ihn verehrt und auch liebt, jedoch nicht in romantischer Weise. Aber niemand weiß, was die Zukunft bringen wird. Was ich im Manga nicht gezeichnet habe, überlasse ich gern der Fantasie meiner Leser und freue mich, wenn ihr Freude daran findet, euch die Zukunft der Charaktere auszumalen.

Q11. Es wäre schön, wenn alle drei – Yukishiro, Fuji und Hiiragi – glücklich werden. Gibt es ein Happy End?

Diese Frage wurde mir sehr oft gestellt. Ich selbst hatte gar nicht das Gefühl, eine traurige Geschichte zu zeichnen, aber in vielen Briefen meiner Leser hieß es, sie könnten kaum weiterlesen, weil die Geschichte sie so mitnehmen würde. Das hat mich sehr besorgt, sodass ich leider hier und dort antwortete, es würde ein Happy End geben …
Später erfuhr ich, dass viele es gerade spannend fanden, nicht zu wissen, ob es nun ein Happy End oder ein Bad End geben würde, und ich habe bereut, gespoilert zu haben. Letztendlich hat sich Yukishiro für Fuji entschieden, aber Hiiragis Glück war es auch nicht, eine Paarbindung einzugehen, sondern glücklich mit seiner Familie zusammenzuleben. Das hat er die ganze Zeit mit sich herumgeschleppt und darum fand ich es für ihn am schönsten, am Ende seine Familie wieder vereint zu wissen. Allerdings habe ich beide Pairings, sowohl Fuji x Yukishiro als auch Hiiragi x Yukishiro mit viel Liebe gezeichnet und sehr viel Spaß dran gehabt, sodass ich in Zukunft auch mit beiden Pairings noch einige Bonus-Manga oder Illustrationen zeichnen und auf Twitter und Co. veröffentlichen möchte.

Vielen Dank, dass ihr bis hierher gelesen habt!
Ich freue mich über jeden Leser von *Drowning Into the Night*!

Profile und Blumensprache

Fuji Saotome
26 Jahre / Geb.: 31.05. / Zwilling
männlicher β / Blutgruppe A / 188 cm, 68 kg
[Blumensprache]
Alpenrose (Saotome): Mäßigkeit, Glück, man erhält Unterstützung
Glyzinie (Fuji): Gutmütigkeit, freundliche Aufnahme, Unzertrennlichkeit, Liebesrausch, Nostalgie, Treue

Tamaki Yukishiro
28 Jahre / Geb.: 02.02. / Wassermann
männlicher Ω / Blutgruppe A / 178 cm, 56 kg
[Blumensprache]
Schneeglöckchen (Yukishiro): Hoffnung, Trost
Alpenveilchen (Tamaki): Unschuld, Sehnsucht, Schüchternheit, zurückhaltende Erwartung

Ouka Hiiragi
32 Jahre / Geb.: 07.12. / Schütze
männlicher α / Blutgruppe AB / 185 cm, 67 kg
[Blumensprache]
Stachelblättrige Duftblüte (Hiiragi): Weisheit und Zukunftsvision, Vorsicht, Schutz, häusliches Glück, Verteidigung
Kirschblüte (Ouka): ein Lächeln für dich, Kostbarkeit, Eleganz, Gelassenheit, Launenhaftigkeit, Reinheit, Pracht, Offenheit, ausgezeichnete Schönheit

Delphi (Delphinium Statis): Profil nicht öffentlich; [Blumensprache]: Rittersporn (Delphinium): Reinheit, Kostbarkeit, Großherzigkeit, Großzügigkeit / Geflügelter Strandflieder (Statis): Unaufhörliche Erinnerung, unveränderliche Gefühle, Anmut, Eleganz, Ewigkeit, Aufrichtigkeit, Andenken, Erfolg, Mitgefühl
Kikyo Saotome (älterer Zwilling): Geb.: 29.01. / Blutgruppe: A / 183 cm, 64 kg; [Blumensprache]: Ballonblume (Kikyo): Ehrlichkeit, Aufrichtigkeit, Demut, immerwährende Liebe, Wunsch nach der Rückkehr eines Freundes
Sumire Saotome (jüngerer Zwilling): Geb.: 29.01. / Blutgruppe: A / 183 cm, 62 kg; [Blumensprache]: Veilchen (Sumire): Demut, Aufrichtigkeit, kleines Glück, bescheidene Freude
Rindo Saotome: [Blumensprache]: Enzian (Rindo): Gerechtigkeit, Aufrichtigkeit, wesentlicher Wert, »Ich liebe dich am meisten, wenn du traurig bist.«
Ayame Saotome: [Blumensprache]: Schwertlilie (Ayame): freundliches Herz, Grazie, freudige Nachricht, Hoffnung, Glaube, Freundschaft, Weisheit
Erika Tsutsuji: [Blumensprache] Rhododendron (Tsutsuji): erste große Liebe, die Freude an der Liebe, Fragilität / Heidekraut (Erika): Schicksal, glückliche Liebe, Einsamkeit, Verlassenheit, Verrat
Yuri (Ω-Angestellte aus dem 1. Band): [Blumensprache]: Lilie (Yuri): Reinheit, Unschuld, Keuschheit, Eitelkeit, Unwahrheit
Haruka (Ω-Mann aus Kapitel 5): [Blumensprache] Hortensie (Ajisai): Fremdgehen, Launenhaftigkeit, Herzlosigkeit, Stolz
Suisen (Ω-Frau aus Kapitel 5): [Blumensprache]: Narzisse (Suisen): Selbstverliebtheit, noch einmal geliebt werden wollen, »Kehr zu mir zurück«, Eitelkeit, Selbstsucht, unerwiderte Liebe
Fritillaria (Charakter aus dem Hörspiel): [Blumensprache]: Schwarzlilie (Fritillaria): Liebe, Fluch, Rache … Und ich habe noch viele andere Blumennamen für andere Charaktere und auch Ortsnamen verwendet.

Autorenkommentar

Das ist der letzte Band.

Vielen Dank, dass ihr bis zum Ende über die drei gewacht habt!

Ich hoffe, dass ihr Spaß an dem Manga hattet und sei es auch nur bei einem einzigen Panel!

Anna Takamura

Drowning Into the Night

TOKYOPOP GmbH
Hamburg

TOKYOPOP
1. Auflage, 2021
Deutsche Ausgabe/German Edition

Aus dem Japanischen von Kaja Chilarska

ELITE Ω WA YORU NI OBORETE Last night

First published in Japan in 2019
by KADOKAWA CORPORATION, Tokyo.
German translation rights arranged
with KADOKAWA CORPORATION, Tokyo
through TUTTLE-MORI AGENCY, INC., Tokyo.

Redaktion: Lisa Duty
Lettering: Vibrant Publishing Studio
Herstellung: Mathias Neumeyer
Druck und buchbinderische Verarbeitung:
CPI–Clausen & Bosse GmbH, Leck
Printed in Germany

MIX Papier FSC® C083411

Wir achten auf die Umwelt.
Dieses Produkt besteht aus FSC®-zertifizierten und anderen kontrollierten Materialien.

ISBN 978-3-8420-6784-4

www.tokyopop.de

Drowning Into the Night

STOPP!

**Dies ist die letzte Seite des Buches!
Du willst dir doch nicht den Spaß verderben
und das Ende zuerst lesen, oder?**

Um die Geschichte unverfälscht und originalgetreu mitverfolgen zu können, musst du es wie die Japaner machen und von rechts nach links lesen. Deshalb schnell das Buch umdrehen und loslegen!

So geht's:

Wenn dies das erste Mal sein sollte, dass du einen Manga in den Händen hältst, kann dir die Grafik helfen, dich zurechtzufinden: Fang einfach oben rechts an zu lesen und arbeite dich nach unten links vor. Viel Spaß dabei wünscht dir TOKYOPOP®!